汉书

[汉]班固·著
乙力·编译

陕西新华出版 三秦出版社

图书在版编目（CIP）数据

汉书 /（汉）班固著；乙力编译. -- 2版. -- 西安：三秦出版社，2008.04（2024.1重印）

（国学百部文库）

ISBN 978-7-80628-445-2

Ⅰ．①汉… Ⅱ．①班… ②乙… Ⅲ．①中国－古代史－西汉时代－纪传体②汉书－注释③汉书－译文 Ⅳ．① K234.104.2

中国版本图书馆 CIP 数据核字（2008）第 036253 号

书　　名	汉　书
作　　者	［汉］班固 著　乙力 编译
责　　编	王曙龙
封面设计	新华智品

出版发行	三秦出版社
社　　址	西安市雁塔区曲江新区登高路1388号
电　　话	（029）81205236
邮政编码	710061
印　　刷	北京一鑫印务有限责任公司
开　　本	680×1020　1/16
印　　张	9
字　　数	108千字
版　　次	2008年4月第2版
印　　次	2024年1月第2次印刷
标准书号	ISBN 978-7-80628-445-2

定　　价	39.80元
网　　址	http://www.sqcbs.cn

前　言

　　《汉书》，又名《前汉书》，是我国第一部纪传体断代史。《汉书》为东汉史学家班固所撰。班固（32—92年），字孟坚，扶风安陵（今陕西咸阳东）人，出身于豪富兼外戚的家庭。父亲班彪，东汉光武帝时，官至望都长。班彪博学多才，专攻史籍，是著名的儒学大师。他不满意当时许多《史记》的续作，便"采前史遗事，旁贯异闻"（《后汉书·班彪传》），作《后传》六十五篇，以续《史记》。班固生在这个家学渊博的家庭中，九岁便能作诗文，十六岁入洛阳太学就读。他博览群书，穷究诸子百家学说，熟悉汉史掌故。建武三十年（54年），班固因父丧回故里，并整理班彪的《后传》。汉明帝永平元年（58年），班固开始编纂《汉书》，至建初七年（82年）才告完成，历时二十五年之久。全书记载起自汉高祖刘邦起义反秦，终于新朝王莽败亡，西汉二百三十年的历史。全书包括纪十二篇，表八篇，志十篇，列传七十篇，共计一百篇。

　　《汉书》沿袭《史记》的体例，但作了一些改动，也有一些创新。在纪部分，《汉书》不称"本纪"，而改称为"纪"（如《高帝纪》），在《史记》的基础上，《汉书》增立《惠帝纪》，以补《史记》的缺略；在《武帝纪》之后，又续写了昭、宣、元、成、哀、平等六篇帝纪。《汉书》取消了《史记》中的《项羽本纪》，将项羽的事迹移入列传，立了《陈胜项籍传》。而王莽称帝十余年，《汉书》并未立纪，而将他归入列传，立了《王莽传》。在表的部分，《汉书》立了八种表，其中六种王侯表是根据《史记》有关各表制成的，主要记载汉代的人物事迹。只有《古今人表》和《百官公卿表》，是《汉书》新增设的两种表。在志部分，《汉书》改《史记》的"书"为"志"，而又丰富和发展了八书，形成我国史学上的书志体。《汉书》的志，包括律历、礼乐、刑法、食货、郊祀、天文、五行、地理、沟洫、艺文等十种。刑法、五行、地理、艺文等四志，都是《汉书》新创立的。在传部分，《汉书》继承《史记》的传统。但它不设"世家"一目，凡属《史记》世家类的汉代历史人物，《汉书》都移入传部分。原属《史记》的一些附传，《汉书》则扩充其内容，写成专传或合传，如张骞、董仲舒、李陵等人的传记。

　　《汉书》开创了我国断代纪传表志体史书的先河，奠定了修正史的编例。历来，"史之良，首推迁、固"，史班或班马并称，两书各有所长，同为中华史学

名著，为治文史者必读之史籍。《汉书》尤以史料丰富、闻见博洽著称，"整齐一代之书，文赡事详，非后世史官所能及"。可见，《汉书》在史学史上有着重要的价值和地位。

《汉书》取材广泛，内容丰富，考虑到普及的需要，我们选取了其中最具代表性的篇章，以供读者阅读，希望本书能对您的学习和生活有所裨益。

编　者
2008年8月

目　录

高 帝 纪…………………………………………………… 1
武 帝 纪…………………………………………………… 23
项 籍 传…………………………………………………… 42
萧 何 传…………………………………………………… 54
韩 信 传…………………………………………………… 62
李 广 传…………………………………………………… 70
苏 武 传…………………………………………………… 78
霍去病传…………………………………………………… 88
董仲舒传…………………………………………………… 93
霍 光 传…………………………………………………… 101
董 贤 传…………………………………………………… 115
王 莽 传…………………………………………………… 124

汉书

高 帝 纪

【题解】

汉高祖刘邦，西汉王朝创建者，庙号高祖，又称高皇帝。秦末泗水沛县（今属江苏）人。早年任亭长。前209年聚众响应陈胜、吴广起义，称沛公。前206年攻占咸阳（今陕西咸阳市东北），接受秦王子婴投降。遂废秦严刑苛法，约法三章，深得关中百姓拥护。后与项羽展开长达四年之久的楚汉战争。前202年，在垓下（今河南鹿邑东，一说今安徽灵璧南）决战中打败项羽。同年称帝，国号汉，建都长安。

【原文】

高祖为人，隆准而龙颜，美须髯，左股有七十二黑子。宽仁爱人，意豁如也。常有大度，不事家人生产作业。及壮，试吏，为泗上亭长，廷中吏无所不狎侮。好酒及色。常从王媪、武负贳酒，时饮醉卧，武负、王媪见其上常有怪。高祖每酤留饮，酒雠数倍。及见怪，岁竟，此两家常折券弃责。

【译文】

高祖其人，高鼻梁，龙一样的脸庞，漂亮的胡须，左腿有七十二颗黑痣。生性宽仁爱人，心地豁达大度，不肯干家里人的生产活计。到了壮年，当上了泗上亭长，与郡县的小吏们都混得亲热而无拘无束。又好酒好色。常到王媪、武婆的酒店赊酒吃，时而醉卧不起，武婆、王媪见高祖身上常有怪物。高祖每次来店中饮酒，店家就多售酒好几倍。在看到怪物之后，年终，这两家总是毁掉欠债契券，不向高祖要债。

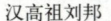

汉高祖刘邦

【原文】

高祖常繇咸阳，纵观秦皇帝，喟然大息，曰："嗟乎，大丈夫当如此矣！"

【译文】

　　高祖曾经到咸阳服过徭役,有机会观看过秦始皇出行,他大为感叹地说:"唉,大丈夫就该这个样子啊!"

【原文】

　　高祖为亭长,素易诸吏,乃绐为谒曰"贺钱万",实不持一钱。谒入,吕公大惊,起,迎之门。吕公者,好相人,见高祖状貌,因重敬之,引入坐上坐。萧何曰:"刘季固多大言,少成事。"高祖因狎侮诸客,遂坐上坐,无所诎。酒阑,吕公因目固留高祖。竟酒,后。吕公曰:"臣少好相人,相人多矣,无如季相,愿季自爱。臣有息女,愿为箕帚妾。"酒罢,吕媪怒吕公曰:"公始常欲奇此女,与贵人。沛令善公,求之不与,何自妄许与刘季?"吕公曰:"此非儿女子所知。"卒与高祖。吕公女即吕后也,生孝惠帝、鲁元公主。

【译文】

　　高祖任亭长,向来轻视诸官吏,在拜帖上伪称说"贺钱一万",实际上不带一钱。拜贺而进,吕公大惊,站起迎接到门口。吕公其人,好相面,见高祖状貌,便敬重他,引进去坐上座。萧何说:"刘季一向爱说大话,很少办成事。"高祖因轻视诸客人,便坐在上座,无所退让。饮酒的客人多数退席之后,吕公暗示高祖留下。饮酒完毕后,吕公说:"我少年时喜好给人相面,相的人很多,没有像你的相貌的,希望你自爱。我有亲生女儿,愿意作你的打扫房间的小妾。"酒宴过后,吕媪对吕公发怒说:"你当初称女儿是宝贝,欲许配贵人。沛令善待你,求之不给,怎么就轻易许给刘季?"吕公说:"这不是女人所能知道的。"最终把女儿许给高祖。吕公女即吕后,生孝惠帝、鲁元公主。

【原文】

　　高祖以亭长为县送徒骊山,徒多道亡。自度比至皆亡之,到丰西泽中亭,止,饮,夜皆解纵所送徒,曰:"公等皆去,吾亦从此逝矣!"徒中壮士愿从者十余人。高祖被酒,夜径泽中,令一人行前。行前者还报曰:"前有大蛇当径,愿还。"高祖醉,曰:"壮士行,何畏!"乃前，拔剑斩蛇。蛇分为两，道开。行数里，醉困，卧。后人来至蛇所，有一老妪夜哭。人问妪何哭，妪曰："人杀吾子。"人曰："妪子何为见杀？"妪曰："吾子，白帝子也，化为蛇，当道，今者赤帝子斩之，故哭。"人乃以妪为不诚，欲苦之，妪因忽不见。后人至，高祖觉。告高祖，高祖乃心独喜，自负。诸从者日益畏之。

【译文】

高祖以亭长的身份为沛县押送服劳役的人去骊山，一路上有很多人逃亡。高祖自己估计，到达骊山时押送去服劳役的人也可能都跑光了，于是到了丰乡西边的泽中亭便停下来，喝了一顿酒，到夜里就把押送的徒众都放走了。高祖说："诸位都逃走吧，我也从此一走了之！"徒众中有十几个壮汉愿意跟从高祖。高祖乘着酒意，当夜就沿着小路往泽中走去。他派一个人走在前头探路。探路的人回来告诉说："前头有条大蛇挡住了去路，请往回走吧。"高祖有些醉意，就说："大丈夫走路，怕什么！"他于是走上前去，拔出剑来，把蛇斩为两截，道路畅通了。走了好几里路，高祖酒性发作，感觉困倦，就地睡了。后面的人来到有蛇的地方，见有一位老妇人在黑夜中啼哭，问她为什么哭，她说："有人杀了我的儿子。"又问："你儿子为什么事被杀的？"老妇人说："我儿子本是白帝之子，化身为蛇，当路而伏，刚才赤帝之子把他杀了，所以我哭。"人们都以为老妇人说假话，准备让她吃点苦头，忽然间老妇人就不见了。等这些走在后边的人赶到，高祖也睡醒了。他们告诉了高祖，高祖于是心里暗中高兴，自以为有了依凭。那些跟随的人从此也越来越敬畏高祖。

【原文】

于是樊哙从高祖来。沛令后悔，恐其有变，乃闭城城守，欲诛萧、曹。萧、曹恐，逾城保高祖。高祖乃书帛射城上，与沛父老曰："天下同苦秦久矣。今父老虽为沛令守，诸侯并起，今屠沛。沛今共诛令，择可立立之，以应诸侯，即室家完。不然，父子俱屠，无为也。"父老乃帅子弟共杀沛令，开城门迎高祖，欲以为沛令。高祖曰："天下方扰，诸侯并起，今置将不善，一败涂地。吾非敢自爱，恐能薄，不能完父兄子弟。此大事，愿更择可者。"萧、曹皆文吏，自爱，恐事不就，后秦种族其家，尽让高祖。诸父老皆曰："平生所闻刘季奇怪，当贵，且卜筮之，莫如刘季最吉。"高祖数让，众莫肯为，高祖乃立为沛公。祠黄帝，祭蚩尤于沛廷，而衅鼓旗。帜皆赤，由所杀蛇白帝子，杀者赤帝子故也。于是少年豪吏如萧、曹、樊哙等皆为收沛子弟，得三千人。

【译文】

　　不久，樊哙与高祖回到县里。沛令后悔起来，害怕发生变故，便关闭城门防守，想杀掉萧何、曹参。萧、曹恐惧，越城逃走去投靠高祖。高祖便写信射至城上，对沛县父老说："天下都被秦朝折磨坑害得很久了。现在你们虽然替沛令守城，但诸侯都起兵，将要杀光城里的人。沛县众人今天共杀县令，选择可以立为首领的人就立起来，以便响应诸侯，就可以保全室家性命。不然，父子都被杀，是白白送死。"众人便率子弟共杀沛令，开城门迎高祖，想立为沛令。高祖说："天下正混乱，诸侯都起兵，如果带头人立不好，会一败涂地。我不是自爱，恐怕能力薄弱，不能保全大家。这是大事，希望挑选可以胜任的。"萧、曹都是文官，很自爱，担心事不成功，以后会让秦朝诛杀全家，也都推让高祖。众人都说："平常听说刘季有怪事，当为贵人，又去占卜算卦，都不如刘季当头头最吉利。"高祖再三推让，众人都不同意，高祖便被立为沛公。在沛县大堂拜黄帝，祭蚩尤，用牛羊血涂旗帜和战鼓。旗帜皆赤，这是因杀了白帝子，杀者是赤帝子的缘故。于是，少年豪杰官吏像萧何、曹参、樊哙等皆去招收沛县子弟，收编三千多人。

樊　哙

【原文】

　　秦二年十月，沛公攻胡陵、方与，还守丰。秦泗川监平将兵围丰。二日，出与战，破之。令雍齿守丰。十一月，沛公引兵之薛。秦泗川守壮兵败于薛，走至戚，沛公左司马得杀之。沛公还军亢父，至方与。赵王武臣为其将所杀。十二月，楚王陈涉为其御庄贾所杀。魏人周市略地丰、沛，使人谓雍齿曰："丰，故梁徙也。今魏地已定者数十城，齿今下魏，魏以齿为侯守丰；不下，且屠丰。"雍齿雅不欲属沛公，及魏招之，即反为魏守丰。沛公攻丰，不能取。沛公还之沛，怨雍齿与丰子弟畔之。

【译文】
秦二世二年十月，沛公攻占胡陵、方与两县，回兵退守丰邑。秦泗川御史监平率军包围丰邑，第二天，义军出兵交战，打败秦军。让雍齿守卫丰邑。十一月，沛公率兵往薛县。秦泗川守壮兵败于薛县，逃往戚县，被沛公左司马得而杀死。沛公还军亢父，到了方与。赵王武臣被其部将所杀。十二月，楚王陈涉被车夫庄贾杀害。魏人周市攻掠丰、沛，派人对雍齿说："丰邑是由原来从大梁迁徙来的人所建，今魏地已平定的有几十城。你现在降魏，魏封你为侯并驻守丰；不降，马上就攻占丰邑杀光城内之人。"雍齿平素就不愿归属于沛公，当魏招降，立刻降魏并替魏守丰。沛公攻丰，不能攻取。沛公返回沛县，怨恨雍齿及丰子弟叛变。

【原文】
二月，沛公从砀北攻昌邑，遇彭越。越助攻昌邑，未下。沛公西过高阳，郦食其为里监门，曰："诸将过此者多，吾视沛公大度。"乃求见沛公。沛公方踞床，使两女子洗。郦生不拜，长揖曰："足下必欲诛无道秦，不宜踞见长者。"于是沛公起，摄衣谢之，延上坐。食其说沛公袭陈留。沛公以为广野君，以其弟商为将，将陈留兵。三月，攻开封，未拔。西与秦将杨熊会战白马，又战曲遇东，大破之。杨熊走之荥阳，二世使使斩之以徇。四月，南攻颍川，屠之。因张良遂略韩地。

【译文】
二月，沛公从砀县北边进攻昌邑，与彭越相遇。彭越帮助沛公攻打昌邑，不能攻克。沛公往西进军，路过高阳，里门监郦食其对人说："从这里经过的将军很多，我看沛公有宏大的气度。"于是请求拜见沛公。这时沛公正分开两腿坐在床上，让两个侍女在替他洗脚。郦食其也不跪拜，作了个长揖，说："足下真要打算诛灭暴虐无道的秦国，就不该这样坐着接见年长的人。"沛公于是立即起身，整一整衣服，向郦食其赔不是，请他上座。食其建议沛公袭击陈留。沛公封食其为广野君，任命他的弟弟郦商为将军，统领陈留的兵马。三月，沛公攻打开封城，

不能攻破，于是向西进军，在白马与秦将杨熊会战，接着又在曲遇以东继续激战，大败杨熊。杨熊逃往荥阳，二世皇帝派使臣将他斩首示众。四月，沛公往南攻打颍川，攻陷并血洗颍川城。靠着张良的帮助，沛公就在韩地攻城略地。

【原文】

　　八月，沛公攻武关，入秦。秦相赵高恐，乃杀二世，使人来，欲约分王关中，沛公不许。九月，赵高立二世兄子子婴为秦王。子婴诛灭赵高，遣将将兵距峣关。沛公欲击之，张良曰："秦兵尚强，未可轻。愿先遣人益张旗帜于山上为疑兵，使郦食其、陆贾往说秦将，啗以利。"秦将果欲连和，沛公欲许之。张良曰："此独其将欲叛，恐其士卒不从，不如因其怠懈击之。"沛公引兵绕峣关，逾蒉山，击秦军，大破之蓝田南。遂至蓝田，又战其北，秦兵大败。

【译文】

　　八月，沛公攻破武关，进入关中秦王朝腹地。秦丞相赵高惶恐，便杀死二世皇帝，派人来见沛公，想订立和约中分关中之地为王，沛公不答应。九月，赵高将二世哥哥的儿子子婴立为秦王。子婴诛杀了赵高和他的满门，并派遣将领领兵去峣关防守。沛公打算攻打峣关，张良说："秦国的兵力还强，不能轻视。请先派人在山上多张设旗帜作为疑兵，叫郦食其和陆贾去劝说守关的秦将，以重利引诱他们。"秦国的将领果然愿意连和，沛公也打算答应他们。张良说："这仅仅是他们的将军想背叛秦王，恐怕秦的士兵们不听从，不如乘他们防守懈怠的时候袭击他们。"沛公带领人马绕过峣关，翻越蒉山，猛攻秦军，在蓝田县以南击溃了秦军。于是沛公进军蓝田，又在蓝田北边大战，秦军惨遭失败。

赵　高

【原文】

　　元年冬十月，五星聚于东井。沛公至霸上。秦王子婴素车白马，系颈以组，封皇帝玺、符、节，降枳道旁。

诸将或言诛秦王，沛公曰："始怀王遣我，固以能宽容，且人已服降，杀之不祥。"乃以属吏。遂西入咸阳。欲止宫休舍，樊哙、张良谏，乃封秦重宝财物府库，还军霸上。萧何尽收秦丞相府图籍文书。十一月，召诸县豪杰曰："父老苦秦苛法久矣，诽谤者族，耦语者弃市。吾与诸侯约，先入关者王之，吾当王关中。与父老约，法三章耳：杀人者死，伤人及盗抵罪。余悉除去秦法。吏民皆按堵如故。凡吾所以来，为父兄除害，非有所侵暴，毋恐！且吾所以军霸上，待诸侯至而定要束耳。"乃使人与秦吏行至县、乡、邑告谕之。秦民大喜，争持牛、羊、酒食献享军士。沛公让不受，曰："仓粟多，不欲费民。"民又益喜，唯恐沛公不为秦王。

【译文】

汉元年冬十月，金、木、水、火、土五星聚于东井星旁。沛公至霸上。秦王子婴素车白马，用丝带系颈，封存皇帝玉玺、虎符和节等，在枳道旁投降。诸将有人说应杀死秦王，沛公说："当初怀王派我，就是由于我能宽容，况且人家已经服罪请降，杀死不祥。"便交由部下看管。于是西入咸阳，并想留宿宫中，樊哙、张良劝阻，才把秦重宝财物封存在府库中，还军驻扎霸上。萧何尽收丞相府地图、户籍、档案文书。十一月，招集各县豪杰说："父老受秦苛法之苦很久了，诽谤者灭族，在一起谈话的处死于街头。我与诸侯定约，先入关者称王，我当在关中为王。我与你们定约，实行三章法：杀人者死，伤人和偷抢东西的抵罪。其余的秦法都要废除。官吏百姓原来的情况不变。我入关的目的，是为父兄除害，不是为了施暴行的，不要恐惧。我所以还要驻扎霸上，是为了等待诸侯到来再定约束。"于是派人与秦吏到县、乡、邑告谕百姓。秦民大喜，争相带上牛羊酒食献给官兵享用。沛公推让不受，说："仓库中粟米很多，不想花费百姓的。"百姓更加高兴，唯恐沛公不当秦王。

【原文】

沛公旦日从百余骑见羽鸿门，谢曰："臣与将军戮力攻秦，将军战河北，臣战河南，不自意先入关，能破秦，与将军复相见。今者有小人言，令将军与臣有隙。"羽曰："此沛公左司马曹毋伤言之，不然，籍何以至此？"

羽因留沛公饮。范增数目羽击沛公，羽不应。范增起，出谓项庄曰："君王为人不忍，汝入以剑舞，因击沛公，杀之。不者，汝属且为所虏。"庄入为寿。寿毕，曰："军中无以为乐，请以剑舞。"因拔剑舞。项伯亦起舞，常以身翼蔽沛公。樊哙闻事急，直入，怒甚。羽壮之，赐以酒。哙因谯让羽。有顷，沛公起如厕，招樊哙出，置车官属，独骑，与樊哙、靳强、滕公、纪成步，从间道走军，使张良留谢羽。羽问："沛公安在？"曰："闻将军有意督过之，脱身去，间至军，故使臣献璧。"羽受之。又献玉斗范增。增怒，撞其斗，起曰："吾属今为沛公虏矣！"

【译文】

沛公清晨带百余骑去鸿门拜见项羽。说："臣与将军并力攻秦，将军战河北，臣战河南，没想到会先一步入关，能破秦，与将军再相见。今天有小人谗言，让将军与臣产生嫌疑。"项羽说："这是你的左司马曹毋伤说的，不然，我怎么会这样？"项羽于是就留沛公饮酒。范增几次用眼睛暗示项羽击杀沛公，项羽没有反应。范增起身，外出对项庄说："君王为人心慈，你入帐舞剑，乘机击沛公，杀死他。不这样的话，你们不久就要成为俘虏了。"项庄进帐祝酒，说："军中没有可以取乐的，请让我舞剑助兴。"于是拔剑起舞。项伯也起舞，总是用身体掩护沛公。樊哙听说事急，直入帐中，很愤怒。项羽视之为壮士，赐酒给樊哙，哙就势责问项羽。不一会儿，沛公起身去厕所，招樊哙出来，留下车马从属，自骑马，让樊哙、靳强、滕公、纪成步行，从小道回军营，让张良留下谢项羽。项羽问："沛公在何处？"张良说："听说将军有意督责他，他脱身已去，从小道回到军中了，因此让臣下献上玉璧。"项羽接受下来。又献给范增玉斗。范增很生气，撞碎玉斗，站起来说："我们将成为沛公的俘虏了！"

【原文】

汉王既至南郑，诸将及士卒皆歌讴思东归，多道亡还者。韩信为治粟都尉，亦亡去，萧何追还之，因荐于汉王，曰："必欲争天下，非信无可与计事者。"于是汉王斋戒，设坛场，拜信为大将军，问以计策。信对曰：

"项羽背约而王君王于南郑,是迁也。吏卒皆山东之人,日夜企而望归,及其锋而用之,可以有大功。天下已定,民皆自宁,不可复用。不如决策东向。"因陈羽可图、三秦易并之计。汉王大说,遂听信策,部署诸将。留萧何收巴蜀租,给军粮食。

【译文】

汉王到了南郑,将领和士卒们思念着东归故乡,都唱歌来寄托情思,半道上就已经有很多人逃亡回去了。韩信这时在汉王部下做治粟都尉,也出走离去,萧何把他追回来,便向汉王推荐说:"如果一定要争夺天下,除了韩信就再没有任何人可以共同谋事的了。"于是汉王斋戒沐浴,垒起土台,整理场地,拜韩信为大将军。然后,汉王询问计策,韩信回答说:"项羽背弃前约,让君王在南郑做王,这明明是贬谪的意思。君王的官员和士卒都是关东人,他们日夜盼望着东归,乘着他们的不可遏制东归的意志而利用他们的气势,就可以大获成功。如果等到天下安定之后再来这手,那时百姓都已各自安居守业,再没有什么可以利用的了。因此,不如下决心定计东进吧。"接着韩信又陈述了项羽可以打败、三秦之地容易夺取的计谋。汉王喜出望外,就采取韩信的计策,调配将领。留下萧何负责征收巴蜀的租税以供给军饷。

【原文】

五月,汉王引兵从故道出袭雍。雍王邯迎击汉陈仓,雍兵败,还走;战好畤,又大败,走废丘。汉王遂定雍地。东如咸阳,引兵围雍王废丘,而遣诸将略地。

【译文】

五月,汉王引兵从故道出兵袭雍。章邯在陈仓迎击汉王,大败,后退。在好畤再战,又大败,逃往废丘。汉王于是平定了雍地。东进咸阳,引兵把雍王包围在废丘,然后遣诸将攻取地盘。

【原文】

汉王如陕,镇抚关外父老。河南王申阳降,置河南郡。使韩太尉韩信击韩,韩王郑昌降。十一月,立韩太尉信为韩王。汉王还归,都栎阳,使诸将略地,拔陇西。

以万人若一郡降者封万户。缮治河上塞。故秦苑囿园池，令民得田之。

【译文】

汉王到陕县，安抚关外的父老。河南王申阳降汉，设置河南郡。使韩国的太尉韩信攻击韩王，韩王郑昌投降。十一月，立韩太尉韩信为韩王。汉王回到关中，在栎阳建立都城，派将领们外出攻取地盘，占领陇西。凡领着一万人投降或者以一个郡投降的，封万户。派人修筑河上地区的边塞，原来秦国的那些苑囿园池，允许百姓去开垦作为农田耕种。

【原文】

　　三月，汉王自临晋渡河，魏王豹降，将兵从。下河内，虏殷王卬，置河内郡。至修武，陈平亡楚来降。汉王与语，说之，使参乘，监诸将。南渡平阴津，至洛阳，新城三老董公遮说汉王曰："臣闻'顺德者昌，逆德者亡'，'兵出无名，事故不成'。故曰：'明其为贼，敌乃可服。'项羽为无道，放杀其主，天下之贼也。夫仁不以勇，义不以力，三军之众为之素服，以告之诸侯，为此东伐，四海之内莫不仰德。此三王之举也。"汉王曰："善，非夫子无所闻。"于是汉王为义帝发丧，袒而大哭，哀临三日。发使告诸侯曰："天下共立义帝，北面事之。今项羽放杀义帝江南，大逆无道。寡人亲为发丧，兵皆缟素。悉发关中兵，收三河士，南浮江、汉以下，愿从诸侯王，击楚之杀义帝者。"

【译文】

　　三月，汉王从临晋渡过黄河，魏王豹投降，带着兵马跟随汉王。汉王攻下河内，俘虏了殷王司马卬，在那里设置河内郡。汉王到达修武时，陈平逃离楚国前来归降。汉王和他交谈，很高兴地接受了他的建议，让他做参乘，并监察诸位将领。汉王往南渡过平阴津，到达洛阳时，有个新城乡的三老叫董公的拦住汉王，建议说："臣听说有这样的话：'顺应仁德的就会兴盛，违背仁德的就要衰亡'，'出兵打仗因为没有个讨伐罪人的名义，所以战事就不能成功'。因此说：'要让大家都知道那人是国贼，敌人才可以被征服。'项羽做了大逆不道的事，流放并且弑杀了他的君主，他是天下的大贼人。自己有仁德，就不必凭借勇武，正义在我一方即无须诉诸武力。让全军上下都为义帝穿上丧服，并把这事告诉诸侯，要他们为此而东进，讨伐项羽，这样，四海之内就没有谁不仰慕你的仁德。这才是像夏、商、周三王那样的行事呢。"汉王说："好，要不是老先生赐教，我就听不到这些话。"于是汉王为义帝举哀，脱袖露臂，放声大哭，军士们也都哀哭吊唁了三天。然后，汉王派出使者通告诸侯说："天下人共同拥立义帝，大家都向他称臣，听命于他。如今项羽把义帝流放到江南，并且加以杀害，实属大逆不道。寡人亲自为义帝举哀，全军将士也都披麻戴孝。现在，我调集了全部的关中兵，收编了三河的勇士，正准备沿长江、汉水顺流而下，愿跟随诸侯王一道去征讨楚国那个杀害义帝的人。"

【原文】

秋八月，汉王如荥阳，谓郦食其曰："缓颊往说魏王豹，能下之，以魏地万户封生。"食其往，豹不听。汉王以韩信为左丞相，与曹参、灌婴俱击魏。食其还，汉王问："魏大将谁也？"对曰："柏直。"王曰："是口尚乳臭，不能当韩信。骑将谁也？"曰："冯敬。"曰："是秦将冯无择子也，虽贤，不能当灌婴。步卒将谁也？"曰："项它。"曰："是不能当曹参。吾无患矣。"九月，信等虏豹，传诣荥阳。定魏地，置河东、太原、上党郡。信使人请兵三万人，愿以北举燕、赵，东击齐，南绝楚粮道。汉王与之。

【译文】

秋八月，汉王前往荥阳，对郦食其说："你去婉言劝告魏王豹，能劝说成功，就把魏地万户封给先生。"食其前往劝说，豹不听。汉王任命韩信为左丞相，与曹参、灌婴共击魏。食其返回，汉王问："魏大将是谁？"答说："柏直。"汉王说："乳臭未干的人，但不能抵挡韩信。骑将是谁？"答说："冯敬。"汉王说："是秦将冯无择之子，虽贤能，不能抵挡灌婴。步将是谁？"答说："项它。"汉王说："他不能抵挡曹参。我没有什么可怕的了。"九月，韩信等俘虏了豹，押送到荥阳。平定魏地，设河东、太原、上党三郡。韩信派人请求增兵三万，愿带兵北取燕、赵，东击齐，南断楚粮道交通。汉王如数增兵给韩信。

曹 参

【原文】

汉王出荥阳,至成皋。自成皋入关,收兵欲复东。辕生说汉王曰:"汉与楚相距荥阳数岁,汉常困。愿君王出武关,项王必引兵南走,王深壁,令荥阳、成皋间且得休息。使韩信等得辑河北赵地,连燕、齐,君王乃复走荥阳。如此,则楚所备者多,力分。汉得休息,复与之战,破之必矣。"汉王从其计,出军宛、叶间,与黥布行收兵。

【译文】

汉王从荥阳逃出后,到了成皋。又从成皋进入关中,收集了士兵准备再度出关东进。辕生向汉王建议说:"汉与楚在荥阳争斗了几年,汉军常常被困。希望您能从武关出去,项王必定带领人马往南走,君王只要坚守营垒之中,不出击,让荥阳和成皋之间的汉军暂得休息,使韩信等人能够收取黄河以北的赵地,连接燕国和齐国。到那时,君王就可以再到荥阳去。这样一来,楚军需要多处设防,力量分散。汉军得到了休整,再与他们作战,打败他们就毫无疑问了。"汉王听从了他的计谋,于是将汉军开往宛县和叶县之间,与黥布沿途收集士兵。

【原文】

十一月,韩信与灌婴击破楚军,杀楚将龙且,追至城阳,虏齐王广。齐相田横自立为齐王,奔彭越。汉立张耳为赵王。

【译文】

十一月,韩信与灌婴击破楚军,杀楚将龙且,追击败军到城阳,俘虏了齐王田广。齐相田横自立为齐王,逃往彭城。汉王立张耳为赵王。

【原文】

韩信已破齐,使人言曰:"齐边楚,权轻,不为假王,恐不能安齐。"汉王怒,欲攻之。张良曰:"不如因而立之,使自为守。"春二月,遣张良操印,立韩信为齐王。秋七月,立黥布为淮南王。八月,初为算赋。北貉、燕人来致枭骑助汉。汉王下令：军士不幸死者，吏为衣衾棺敛，转送其家。四方归心焉。

【译文】

韩信已破齐军，派人对汉王说："齐靠近楚，权势太轻，不给一个代理齐王的名号，恐怕不能安定齐地。"汉王怒，想伐韩信。张良说："不如就势立韩信为齐王，让他自己坚守一方。"春二月，派张良带上王印，立韩信为齐王。秋七月，立黥布为淮南王。八月，初次征收算赋。北貉、燕人赠送健骑助汉。汉王下令：士卒不幸死亡，官吏要给制衣衾棺敛，转送回家。四方民心归附。

【原文】

下令曰："楚地已定，义帝亡后，欲存恤楚众，以定其主。齐王信习楚风俗，更立为楚王，王淮北，都下邳。魏相国建城侯彭越勤劳魏民，卑下士卒，常以少击众，数破楚军，其以魏故地王之，号曰梁王，都定陶。"

【译文】

（春正月）汉王下令说："楚地已经平定，义帝没有后人，要抚慰楚地的民众，以确定谁做他们的君主。齐王韩信熟知楚地民情风俗，改立他为楚王，统辖淮北地区，在下邳建都。魏相国建城侯彭越为魏国民众奔波劳苦，对士卒谦恭体恤，常常以少敌众，多次打败楚军，因此封他在原有魏地做王，号称梁王，在定陶建都。"

【原文】

于是诸侯上疏曰："楚王韩信、韩王信、淮南王英布、梁王彭越、故衡山王吴芮、赵王张敖、燕王臧荼昧死再拜言大王陛下：先时，秦为亡道，天下诛之。大王先得秦王，定关中，于天下功最多。存亡定危，救败继绝，以安万民，功盛德厚。又加惠于诸侯王有功者，使得立社稷。地分已定，而位号比拟，亡上下之分，大王功德之著，于后世不宣。昧死再拜上皇帝尊号。"汉王曰："寡人闻帝者贤者有也，虚言亡实之名，非所取也。今诸侯王皆推高寡人，将何以处之哉？"诸侯王皆曰：

"大王起于细微，灭乱秦，威动海内。又以辟陋之地，自汉中行威德，诛不义，立有功，平定海内，功臣皆受地食邑，非私之也。大王德施四海，诸侯王不足以道之，居帝位甚实宜，愿大王以幸天下。"汉王曰："诸侯王幸以为便于天下之民，则可矣。"于是诸侯王及太尉长安侯臣绾等三百人，与博士稷嗣君叔孙通谨择良日二月甲午，上尊号。汉王即皇帝位于氾水之阳。尊王后曰皇后，太子曰皇太子，追尊先媪曰昭灵夫人。

【译文】

这时诸侯上疏说："楚王韩信、韩王信、淮南王英布、梁王彭越、前衡山王吴芮、赵王张敖、燕王臧荼冒犯死罪再拜言大王陛下：以前秦无道，天下诸侯起而诛灭。大王先俘得秦王，平定关中，对天下功劳最多。保存危亡，救败继绝，安定万民，功德盛大。又加恩惠于诸侯王有功人员，让他们建立封国。封地已经划定，而号位类别相同，不分上下尊卑，大王功德显著，没有宣明后世。我们冒犯死罪再拜，请上皇帝尊号。"汉王说："我听说帝是有贤德之人才能有的尊号，虚言无实之名号，不可取。现在诸侯王都推崇我，让我怎样处理呢？"诸侯王都说："大王出身地位卑微，诛灭败乱的秦朝，威势震动海内，又在僻陋之地，从汉中推行威德，诛杀不义之徒，扶立有功之人，平定海内，功臣都受到封地食邑，显示大王的无私。大王之德施于四海，诸侯王的地位不足道，居帝位很符合实际，希望大王君临天下。"汉王说："各诸侯认为是有利于天下之民，那么就这么办。"于是诸侯王及太尉长安侯卢绾等三百人，与博士稷嗣君叔孙通谨慎选择吉日，定在二月初一，敬上尊号，汉王在氾水之北即皇帝位。尊王后曰皇后，太子曰皇太子，追尊先母曰昭灵夫人。

【原文】

帝乃西都洛阳。夏五月，兵皆罢归家。诏曰："诸侯子在关中者，复之十二岁，其归者半之。民前或相聚保山泽，不书名数，今天下已定，令各归其县，复故爵田宅，吏以文法教训辨告，勿笞辱。民以饥饿自卖为人奴婢者，皆免为庶人。军吏卒会赦，其亡罪而亡爵及不满大夫者，皆赐爵为大夫。故大夫以上赐爵各一级，其七大夫以上，皆令食邑，非七大夫以下，皆复其身及户，勿事。"又曰："七大夫、公乘以上，皆高爵也。诸侯子及从军归者，甚多高爵，吾数诏吏先与田宅，及所当求于吏者，亟与。爵或人君，上所尊礼，久立吏前，曾不为决，甚亡谓也。异日秦民爵公大夫以上，令丞与亢礼。今吾于爵非轻也，吏独安取此！且法以有功劳行田宅，今小吏未尝从军者多满，而有功者顾不得，背公立私，守尉长吏教训甚不善。其令诸吏善遇高爵，称吾意。且廉问，有不如吾诏者，以重论之。"

【译文】

高皇帝于是西都洛阳。夏五月，士兵都复员回家。高帝下诏说："诸侯子在关中的，免赋役十二年，返回老家的减一半。以前有的百姓聚众保守山泽，没有户籍，今天下已安定，下令让他们各归其县，恢复原来的爵位田宅。官吏要讲解法律条文分辨义理，使百姓明白，不得鞭打羞辱。平民因饥饿自卖为别人的奴婢者，皆免为平民。军官士兵遇到大赦，有罪的免罪，无罪无爵及虽有爵位但不是大夫的，一律赐给第五等爵大夫。原有大夫以上爵位的各赐爵一级，七大夫以上，皆让享受食邑，非七大夫以下，皆免自身及一户的赋役，不事差役。"又说："七大夫、公乘以上，皆高级爵位。诸侯之子及服军役归乡者，有很多高爵，我多次下诏让官吏先给他们田宅，如果他们向官吏请求应当得到的帮助，要从速办理。爵位有的可以称人君，都应被天子以礼相尊敬，有些长时间摆在官吏面前的事务，不能解决，真是不足为训。过去秦民爵在公大夫以上，就与县令、丞行平等礼节。今天我对爵位并不轻视，为什么官吏敢这样对待爵位！况且法律规定有功劳的给田宅，今小吏未曾从军者大多已经得到了实际利益，而有功者却得不到照顾，背公立私，郡守、郡尉、县令管教得很不好。今令各官吏善待高爵，让我满意。今后将要察访，有不按我诏办理的官吏，从重论处。"

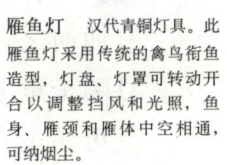

雁鱼灯　汉代青铜灯具。此雁鱼灯采用传统的禽鸟衔鱼造型，灯盘、灯罩可转动开合以调整挡风和光照，鱼身、雁颈和雁体中空相通，可纳烟尘。

【原文】

秋七月，燕王臧荼反，上自将征之。九月，虏荼。诏诸侯王视有功者立以为燕王。荆王臣信等十人皆曰："太尉长安侯卢绾功最多，请立以为燕王。"使丞相哙将兵平代地。

【译文】

秋七月，燕王臧荼谋反，皇上亲自率兵征讨。九月，俘虏臧荼。下诏诸侯王推荐有功者立为燕王。荆王刘贾和韩信等十人都说："太尉长安侯卢绾功劳最多，请立为燕王。"派丞相樊哙率军平定代地。

【原文】

人告楚王信谋反，上问左右，左右争欲击之。用陈平计，乃伪游云梦。十二月，会诸侯于陈，楚王信迎谒，因执之。诏曰："天下既安，豪杰有功者封侯，新立，未能尽图其功。身居军九年，或未习法令，或以其故犯法，大者死刑，吾甚怜之。其赦天下。"田肯贺上曰："甚善，陛下得韩信，又治秦中。秦，形胜之国也，带河阻山。县隔千里，持戟百万，秦得百二焉。地势便利，其以下兵于诸侯，譬犹居高屋之上建瓴水也。夫齐，东有琅邪、即墨之饶，南有泰山之固，西有浊河之限，北有勃海之利，地方二千里，持戟百万，县隔千里之外，齐得十二焉。此东西秦也。非亲子弟，莫可使王齐者。"上曰："善。"赐金五百斤。上还至洛阳，赦韩信，封为淮阴侯。

【译文】

有人告发楚王韩信谋反，皇上问左右，左右争相请求去攻打韩信。最后决定用陈平计，于是假托游云梦。十二月，在陈县集会诸侯，楚王信迎接拜见，被武士乘机捆绑起来。下诏说："天下已经安定，豪杰有功者封为侯，因新立皇位，还没有来得及把有功的人员都考虑进去。有些人在军队中九年，有的没有熟悉法令而犯了法，大罪的判了死刑，我很怜悯。今赦免天下罪人。"田肯祝贺皇上说："事情办得很好，陛下抓了韩信，又建都关中。秦地，是以形势之利取胜之国，山河险阻，与诸侯相隔千里，用持兵器的百万士卒来进攻，凭秦地形，只用百分之二的兵力就能抵御。地势便利，如向关东发兵对付诸侯，就像在高屋之上用瓶子倒水，有居高临下之势。齐国，东有琅邪、即墨之丰富资源，南有泰山之险固，西有浊河阻隔，北有勃海之利。地方二千里，可以武装百万士卒，相隔在千里之外，齐国用十分之二的兵力就能抵抗百万士卒。这就是东西两个秦地。如果不是皇上的亲子弟，不可在齐为王。"皇上说："很好。"赐黄金五百斤。皇上回到洛阳，赦免了韩信，封为淮阴侯。

【原文】

上已封大功臣二十余人，其余争功，未得行封。上居南宫，从复道上见诸将往往耦语，以问张良。良曰："陛下与此属共取天下，今已为天子，而所封皆故人所爱，所诛皆平生仇怨。今军吏计功，以天下为不足用遍封，而恐以过失及诛，故相聚谋反耳。"上曰："为之奈何？"良曰："取上素所不快，计群臣所共知最甚者一人，先封以示群臣。"三月，上置酒，封雍齿，因趣丞相急定功行封。罢酒，群臣皆喜，曰："雍齿且侯，吾属亡患矣！"

【译文】

皇上已封大功臣二十余人，其余的因争功，未能进行封赏。皇上居南宫，从复道经过，常常看到诸将三三两两在一起小声议论，就询问张良。张良说："陛下与这些人共取天下，今已为天子，而已经封赏的都是老朋友、亲近所爱之人，所杀的都是平生有仇有怨的。今军吏计功，认为天下土地不足以个个都封赏，又恐怕因过被杀，因此相聚商议谋反。"皇上说："这事怎么办？"张良说："选皇上向来不喜欢的、估计群臣都知道的您最恨的一人，先封他以示意群臣。"三月，皇上设宴，封赏雍齿，随即催促丞相尽快确定功劳等次进行封赏。宴后，群臣皆喜，说："雍齿尚且封侯，我等不必发愁了。"

张 良

【原文】

七年冬十月，上自将击韩王信于铜鞮，斩其将。信亡走匈奴，其将曼丘臣、王黄共立故赵后赵利为王，收信散兵，与匈奴共距汉。上从晋阳连战，乘胜逐北，至楼烦，会大寒，士卒堕指者什二三。遂至平城，为匈奴所围，七日，用陈平秘计得出。使樊哙留定代地。

【译文】

七年冬十月，皇上率军在铜鞮攻打韩王信，斩其部将。韩王信逃往匈奴，与部将曼丘臣、王黄共立原赵国之后赵利为王，收拢打散的兵士，与匈奴共同对抗汉军。皇上从晋阳连续作战，乘胜追击到楼烦，遇天大寒，士卒冻掉手指的有十分之二三。随即到了平城，被匈奴包围七天，用陈平秘计解围。派樊哙留下平定代地。

【原文】

二月，至长安。萧何治未央宫，立东阙、北阙、前殿、武库、大仓。上见其壮丽，甚怒，谓何曰："天下匈匈，劳苦数岁，成败未可知，是何治宫室过度也！"何曰："天下方未定，故可因以就宫室。且夫天子以四海为家，非令壮丽亡以重威，且亡令后世有以加也。"上说。自栎阳徙都长安。置宗正官以序九族。夏四月，行如洛阳。

【译文】

二月，皇上到长安。萧何建未央宫，立东阙、北阙、前殿、武库、大仓。皇上见其壮丽，很生气，对萧何说："天下动乱不安，劳苦多年，成败尚不可知，宫室为何建造得这样奢侈过度！"萧何说："天下还没有平定，因此可以造宫室，况且天子以四海为家，不壮丽就没有威严，只是让后世不要超过这种规模。"皇上转怒为喜。从栎阳迁都长安。设宗正官以谱序九族。夏四月，前往洛阳。

【原文】

春三月，行如洛阳。令吏卒从军至平城及守城邑者，皆复终身勿事。爵非公乘以上毋得冠刘氏冠。贾人毋得衣锦、绣、绮、縠、絺、纻、罽，操兵，乘骑马。秋八月，吏有罪未发觉者，赦之。九月，行自洛阳至，淮南王、梁王、赵王、楚王皆从。

【译文】

　　春三月，前往洛阳。下令从军去平城的官兵及守城邑者，皆免赋役终身。爵不在公乘以上，不得戴刘氏冠。商人不得穿锦、绣、绮、縠、缔、纻，鬫制的衣服，不得携带兵器、乘车骑马。秋八月，官吏有罪没有发觉的，赦免。九月，从洛阳返回京师，淮南王、梁王、赵王、楚王跟从而来。

【原文】

　　九月，代相国陈豨反。上曰："豨尝为吾使，甚有信。代地吾所急，故封豨为列侯，以相国守代，今乃与王黄等劫掠代地！吏民非有罪也，能去豨、黄来归者，皆赦之。"上自东，至邯郸。上喜曰："豨不南据邯郸而阻漳水，吾知其亡能为矣。"赵相周昌奏常山二十五城亡其二十城，请诛守尉。上曰："守尉反乎？"对曰："不。"上曰："是力不足，亡罪。"上令周昌选赵壮士可令将者，白见四人。上嫚骂曰："竖子能为将乎！"四人惭，皆伏地。上封各千户，以为将。左右谏曰："从入蜀、汉，伐楚，赏未遍行。今封此，何功？"上曰："非汝所知，陈豨反，赵、代地皆豨有。吾以羽檄征天下兵，未有至者，今计唯独邯郸中兵耳。吾何爱四千户，不以慰赵子弟！"皆曰："善"。又求："乐毅有后乎？"得其孙叔，封之乐乡，号华成君。问豨将，皆故贾人。上曰："吾知与之矣。"乃多以金购豨将，豨将多降。

【译文】

　　九月，代相国陈豨反叛。皇上说："豨曾做过我的使臣，很讲信用，代地是我急要之地，因此封豨为列侯，以相国身份镇守代，今天竟然与王黄等劫掠代地！官吏百姓没有罪，能离开豨、黄叛军来归者，全部赦免。"皇上亲自率军东征，至邯郸。皇上高兴地说："豨不南据邯郸而防御漳水，我想他不会有太大的作为。"赵相周昌上奏说：常山二十五城丢失二十城，请杀郡守、郡尉。皇上说："守、尉反了没有？"回答说："没有反。"皇上说："是兵力不足，无罪。"皇上下令周昌选赵壮士中可以带兵的人，报知天子而后召见了四人。皇上谩骂说："小子能当将军吗！"四人羞惭，全伏在地上。皇上各封千户，任为将军。左右劝阻说："过去追随皇上进入蜀郡、汉中郡，讨伐楚国的人，还没有全部封赏，今天封这四人，有什么功？"皇上说："不是你所能知道的。陈豨反，赵、代地区都被陈豨占有。我曾以羽檄征天下之兵，没有来的。今天看来，只有靠邯郸的兵了。我何必舍不得四个千户，来慰劳赵国子弟！"臣下都说："很好。"又问："乐毅有没有后代？"找到了他的孙子乐叔，封在乐乡，号华成君。问豨手下的将领是什么样的人，原来都是商人。皇上说："我知道怎么办了。"于是多用黄金收买豨将，豨将多降。

【原文】

十一年冬，上在邯郸。豨将侯敞将万余人游行，王黄将骑千余军曲逆，张春将卒万余人度河攻聊城。汉将军郭蒙与齐将击，大破之。太尉周勃道太原入定代地，至马邑，马邑不下，攻残之。豨将赵利守东垣，高祖攻之不下。卒骂，上怒。城降，卒骂者斩之。诸县坚守不降反寇者，复租赋三岁。

【译文】

十一年冬，皇上在邯郸，豨将侯敞率万余人游动行军，王黄率千骑驻扎在曲逆县，张春率卒万余人渡黄河攻聊城。汉将军郭蒙与齐将迎击，大破张春军。太尉周勃取道太原进入代地，到马邑，马邑守军不降，攻破并进行屠杀。豨将赵利守东垣，高祖攻打不下。士兵在城上辱骂，皇上大怒。东垣城破后，辱骂皇上的士兵被斩。各县坚守不降叛军者，免除租赋三年。

周勃

【原文】

春正月，淮阴侯韩信谋反长安，夷三族。将军柴武斩韩王信于参合。

【译文】

春正月，淮阴侯韩信在长安谋反，被诛杀三族。将军柴武在参合斩杀了韩王信。

【原文】

　　　　上还洛阳。诏曰："代地居常山之北，与夷狄边，赵乃从山南有之，远，数有胡寇，难以为国。颇取山南太原之地益属代，代之云中以西为云中郡，则代受边寇益少矣。王、相国、通侯、吏二千石择可立为代王者。"燕王绾、相国何等三十三人皆曰："子恒贤知温良，请立以为代王，都晋阳。"大赦天下。

【译文】

　　皇上返回洛阳。下诏说："代地位于常山以北，与夷狄民族边界接壤。赵的国土从山的南面开始，距代很远，常有胡人入寇，难以保全国土。割取山南太原之地增属代地，代的云中以西设云中郡，代受到的边寇就减少了。王、相国、通侯、二千石官吏，请选择可立为代王的人。"燕王绾、相国萧何等三十三人都说："皇子恒贤惠、聪明、温和、善良，请立为代王，都晋阳。"大赦天下。

【原文】

　　　　三月，梁王彭越谋反，夷三族。诏曰："择可以为梁王、淮阳王者。"燕王绾、相国何等请立子恢为梁王，子友为淮阳王。罢东郡，颇益梁；罢颍川郡，颇益淮阳。

【译文】

　　三月，梁王彭越谋反，诛灭三族。下诏说："选择可以立为梁王、淮阳王的人。"燕王卢绾、相国萧何等请立皇子刘恢为梁王，皇子刘友为淮阳王。撤销东郡，并入梁国封地；撤销颍川郡，并入淮阳国封地。

【原文】

　　　　诏曰："吴，古之建国也，日者荆王兼有其地，今死亡后。朕欲复立吴王，其议可者。"长沙王臣等言："沛侯濞重厚，请立为吴王。"已拜，上召谓濞曰："汝状有反相。"因拊其背，曰："汉后五十年东南有乱，岂汝邪？然天下同姓一家，汝慎毋反。"濞顿首曰："不敢。"

【译文】

下诏说:"吴,古代所建之国,从前荆王兼有其地,今王死无后继之人。我想再立吴王,应该议一议谁可以封为吴王。"长沙王吴臣等说:"沛侯刘濞稳重厚道,请立为吴王。"已拜,上召刘濞说:"你的面貌有反相。"随即拍着他的背,说:"五十年后东南有乱,难道是你吗?然而天下同姓一家,你谨慎行事不要造反。"刘濞叩头说:"不敢。"

【原文】

陈豨降将言豨反时燕王卢绾使人之豨所阴谋。上使辟阳侯审食其迎绾,绾称疾。食其言绾反有端。春二月,使樊哙、周勃将兵击绾。诏曰:"燕王绾与吾有故,爱之如子,闻与陈豨有谋,吾以为亡有,故使人迎绾。绾称疾不来,谋反明矣。燕吏民非有罪也,赐其吏六百石以上爵各一级。与绾居,去来归者,赦之,加爵亦一级。"诏诸侯王议可立为燕王者。长沙王臣等请立子建为燕王。

【译文】

陈豨降将说豨反时燕王卢绾使人去豨住所暗中谋议。皇上派辟阳侯审食其迎绾来京,绾称有病不去。食其说绾谋反有端倪。春二月,派樊哙、周勃率军击绾。下诏说:"燕王绾与我是老朋友,爱之如子,听说与陈豨有密谋,我以为没有,因此派人迎接他。他托病不来,谋反之心已明。燕吏民没有罪,官吏在六百石以上级别的加赐爵各一级。与绾居住在一处的,离开绾来投奔我们的,赦免,也加爵一级。"下诏诸侯王讨论可以立为燕王的人,长沙王吴臣等请立皇子刘建为燕王。

【原文】

上击布时,为流矢所中,行道疾。疾甚,吕后迎良医。医入见,上问医。曰:疾可治。"于是上嫚骂之,曰:"吾以布衣提三尺取天下,此非天命乎?命乃在天,虽扁鹊何益!"遂不使治疾,赐黄金五十斤,罢之。吕后问曰:"陛下百岁后,萧相国既死,谁令代之?"上曰:"曹参可。"问其次,曰:"王陵可,然少戆,陈平可以助之。陈平知有余,然难独任。周勃重厚少文,然安刘氏者必勃也,可令为太尉。"吕后复问其次,上曰:"此后亦非乃所知也。"

【译文】

皇上攻打英布时,被流矢射中,行至途中病重。吕后请良医。医入见,皇上问医生,说:"箭伤能治不能治?"医生说:"可治。"于是皇上骂起来,说:"我以布衣手提三尺剑取天下,这不是命吗?性命在天,虽扁鹊在世有什么益处?"于是不让治疗,赐黄金五十斤,停止治疗。吕后问道:"陛下百岁后,萧相国也死,谁可以代替?"皇上说:"曹参可以。"问其次,说:"王陵可以,然年少又憨厚,陈平可以帮助。陈平智谋有余,然而难以独当一面。周勃稳重忠厚少文雅,然而安定刘氏天下者一定是周勃,可令任太尉。"吕后又问其次,皇上说:"这以后也不是你所能知道的了。"

汉高祖刘邦

【原文】

五月丙寅,葬长陵。已下,皇太子、群臣皆反至太上皇庙。群臣曰:"帝起细微,拨乱世反之正,平定天下,为汉太祖,功最高。"上尊号曰高皇帝。

【译文】

五月丙寅这天,高祖葬于长陵。下葬以后,皇太子、群臣都返回至太上皇庙。群臣说:"皇帝出身卑微,拨乱反正,平定天下,为汉太祖,功最高。"敬上尊号为高皇帝。

武 帝 纪

【题解】

汉武帝刘彻,汉景帝子。前141年继位。即位后,颁行推恩令、左官律等,削夺诸侯王权力。派卫青、霍去病率军多次出击匈奴,迫其远徙漠北。命张骞出使西域,沟通汉朝与西域各族的联系。又征服闽越、东瓯与南越,经营西南夷,设置郡县。在京师及郡国设置官学，教授儒家经典，使儒家思想从此成为封建正统思想。在位晚年，社会矛盾尖锐，遂下诏罪己。

【原文】

孝武皇帝，景帝中子也，母曰王美人。年四岁立为胶东王。七岁为皇太子，母为皇后。十六岁，后三年正月，景帝崩。甲子，太子即皇帝位，尊皇太后窦氏曰太皇太后，皇后曰皇太后。

【译文】

孝武皇帝是景帝诸子中排行居中的儿子，他母亲是王美人。四岁时被立为胶东王。七岁时被立为皇太子，他母亲被立为皇后。十六岁时，景帝后三年正月，景帝去世。甲子日，太子即皇帝位，推尊皇太后窦氏为太皇太后，皇后为皇太后。

汉景帝刘启

【原文】

夏四月，赦天下，赐民长子爵一级。复七国宗室前绝属者。

五月，诏贤良曰："朕闻昔在唐、虞，画像而民不犯，日月所烛，莫不率俾。周之成、康，刑错不用，德及鸟兽，教通四海。海外肃慎，北发渠搜，氐羌徕服。星辰不孛，日月不蚀，山陵不崩，川谷不塞；麟、凤在郊薮，河、洛出图书。呜乎，何施而臻此与！今朕获奉宗庙，夙兴以求，夜寐以思，若涉渊水，未知所济。猗与伟与！何行而可以章先帝之洪业休德，上参尧、舜，下配三王！朕之不敏，不能远德，此子大夫之所睹闻也，贤良明于古今王事之体，受策察问，咸以书对，著之于篇，朕亲览焉。"于是董仲舒、公孙弘等出焉。

【译文】

夏四月，大赦天下，赏赐百姓长子一级爵位。恢复吴、楚等七国宗室中被取消的继承权。

五月，下诏策问贤良说："朕听说过去在尧、舜时，画不同颜色的衣服象征五刑，百姓就不犯罪，日月所照之处，没有不尽职听从命令的。周朝的成王、康王，刑罚搁置不使用，恩德及于鸟兽，教令到达各地。海外到肃慎族，向北发至渠搜，氐族、羌族等都来臣服。没有出现彗星，无日食、月食，大山不崩溃，河流山谷不堵塞；麒麟、凤凰停留在郊外的草泽之中，黄河中的龙马开河图而出，洛水中的神龟负洛书而现。啊，实施什么办法达到如此完美的境地呀！如今朕获得了承继皇家基业的地位，早起追求，晚睡思念，犹如渡涉深水，还不知怎样渡过去。美好啊！伟大啊！怎样做才能弘扬先帝的大业美德，向上追溯加入尧舜行列，往下追寻与禹、汤、文相匹配！朕不够聪敏，不能远施恩德，这是诸位大夫所耳闻目见的。贤良之士深知古今王事之体制，接受写于简策上问题的考问，都写出来回答，著之于简策之上，朕要亲自阅览。"于是，董仲舒、公孙弘等人便以策问方式步入朝廷。

【原文】

六年冬，初算商车。

春，穿漕渠通渭。

匈奴入上谷，杀略吏民。遣车骑将军卫青出上谷，骑将军公孙敖出代，轻车将军公孙贺出云中，骁骑将军李广出雁门。青至龙城，获首虏七百级。广、敖失师而还。

【译文】

六年冬，开始征收商人车船税。

春，挖凿运河沟通渭河。

匈奴进入上谷，杀害官吏、百姓，抢掠财物。朝廷派车骑将军卫青从上谷出兵，骑将军公孙敖从代郡出兵，轻车将军公孙贺从云中郡出兵，骁骑将军李广从雁门出兵。卫青到达龙城，斩杀了七百匈奴兵。李广、公孙敖损兵而还。

【原文】

元朔元年冬十一月，诏曰："公卿大夫，所使总方略，壹统类，广教化，美风俗也。夫本仁祖义，褒德禄贤，劝善刑暴，五帝、三王所由昌也。朕夙兴夜寐，嘉与宇内之士臻于斯路。故旅耆老，复孝敬，选豪俊，讲文学，稽参政事，祈进民心，深诏执事，兴廉举孝，庶几成风，绍休圣绪。夫十室之邑，必有忠信；三人并行，厥有我师。今或至阖郡而不荐一人，是化不下究，而积行之君子雍于上闻也。二千石官长纪纲人伦，将何以佐朕烛幽隐，劝元元，厉蒸庶，崇乡党之训哉？且进贤受上赏，蔽贤蒙显戮，古之道也。其与中二千石、礼官、博士议不举者罪。"有司奏议曰："古者，诸侯贡士，壹适谓之好德，再适谓之贤贤，三适谓之有功，乃加九锡；不贡士，壹则黜爵，再则黜地，三而黜，爵、地毕矣。夫附下罔上者死，附上罔下者刑；与闻国政而无益于民者斥；在上位而不能进贤者退，此所以劝善黜恶也。今诏书昭先帝圣绪，令二千石举孝廉，所以化元元，移风易俗也。不举孝，不奉诏，当以不敬论。不察廉，不胜任也，当免。"奏可。

【译文】

元朔元年冬十一月，武帝下诏说："公卿大夫被派遣去总承方略，统一处理各项事务，推广教化，美善社会风俗。要以仁义为根据，表彰道德任用贤人，奖励善良禁止暴行，是五帝、三王所倡导的。朕早起晚睡，鼓励天下之士为此而尽心竭力。因此嘉惠老人，优待孝敬老人的人，选拔才能出众者，宣讲文章之学，考究政事，激励民心，严令执事官员推荐孝子、廉洁之士，可望成为风气，承继先圣美好伟大的业绩。有十户人家的小镇，必定有忠实诚信的人；三人一路同行，其中就有值得我学习的。现在有的郡全郡不给我推荐一个人才，这使教化不能传到下层，而有德行的人才不得闻于天子。太守一级长官统管人伦道德，将怎样佐助朕照亮黑暗之处，劝勉百姓，激励大众，推广乡里训令呢？而且推荐贤人要受到奖赏，遮蔽贤人、匿藏知名人士要处死，是古代通行的办法。应该让朝中二千石一级官员、礼官、博士拿出不举贤人而治罪的办法来。"朝中执事官员上奏建议说："古代，诸侯推荐人才，第一次推举了人才属于品德好，第二次推荐了人才叫作贤人中最好的贤人，第三次推荐了人才就是有功之臣，便要奖赏车马、衣服、乐则、朱户、纳陛、虎贲、铁钺、弓矢、秬鬯这九种贵重物品；不推举人才，第一次废除爵位，第二次削除领地，第三次全部削去爵位和领地。迎合部下欺骗上司者处死，迎合上司欺骗部下者处以刑罚，参与国政而不为民谋利者罢斥，在上位而不能推荐贤人者贬退，这就是为了奖励善良废止邪恶。今天诏书显扬先帝伟业，令太守举荐孝子、廉洁之士，是为了开导百姓，移风易俗。不荐孝子，不执行诏令，应当以不敬罪论处。不能发现廉洁之士，是不称职，应当免去官职。"上奏建议被批准。

【原文】

　　五年春，大旱。大将军卫青将六将军兵十余万人出朔方、高阙，获首虏万五千级。
　　夏六月，诏曰："盖闻导民以礼，风之以乐。今礼坏乐崩，朕甚闵焉。故详延天下方闻之士，咸荐诸朝。其令礼官劝学，讲议洽闻，举遗兴礼，以为天下先。太常其议予博士弟子，崇乡党之化，以厉贤材焉。"丞相弘请为博士置弟子员，学者益广。
　　秋，匈奴入代，杀都尉。

【译文】

　　五年春，大旱。大将军卫青率六将军兵卒十余万人从朔方、高阙出发，斩获一万五千名敌人。
　　夏六月，下诏说："听说用礼指导百姓，用音乐进行劝告，今天礼乐制度被破坏，朕很忧虑。因此要把天下有识博闻之士全部请来，都举荐给朝廷。应让礼官劝进学业，讲论见闻，推荐遗逸之民倡兴礼学，作为天下的表率。太常应商讨配置博士弟子，推崇乡里教育，以便培养贤能人才。"丞相公孙弘请求为博士设立弟子，学礼乐者更为增加。
　　秋，匈奴侵入代郡，杀死都尉。

卫 青

【原文】

　　六年春二月，大将军卫青将六将军兵十余万骑出定襄，斩首三千余级。还，休士马于定襄、云中、雁门。赦天下。
　　夏四月，卫青复将六将军绝幕，大克获。前将军赵信军败，降匈奴。右将军苏建亡军，独身脱还，赎为庶人。

【译文】

　　六年春二月,大将军卫青率领六将军十余万骑兵从定襄郡出兵,斩首三千余人。返回,在定襄、云中、雁门休整士兵、战马。大赦天下。

　　夏四月,卫青又率领六将军穿过沙漠,大获全胜。前将军赵信军败,投降匈奴。右将军苏建损失全军,只身逃回,有罪赎为平民。

【原文】

　　遣骠骑将军霍去病出陇西,至皋兰,斩首八千余级。

　　夏,马生余吾水中。南越献驯象、能言鸟。

　　将军去病、公孙敖出北地二千余里,过居延,斩首虏三万余级。

　　匈奴入雁门,杀略数百人。遣卫尉张骞、郎中令李广皆出右北平。广杀匈奴三千余人,尽亡其军四千人,独身脱还,及公孙敖、张骞皆后期,当斩,赎为庶人。

　　江都王建有罪,自杀。胶东王寄薨。

　　秋,匈奴昆邪王杀休屠王,并将其众合四万余人来降,置五属国以处之。以其地为武威、酒泉郡。

【译文】

　　派遣骠骑将军霍去病出兵陇西,到达皋兰,杀敌八千余人。

　　夏,有马生在余吾水中。南越晋献驯象、鹦鹉。

　　将军霍去病、公孙敖出北地二千余里,经过居延县,杀敌三万余人。

　　匈奴侵入雁门,杀掠数百人。派遣卫尉张骞、郎中令李广同时出兵右北平郡。李广杀匈奴三千余人,丧失全军四千人,只身脱险逃回;公孙敖、张骞皆失约迟到,依法当斩,降为百姓。

　　江都王刘建有罪,自杀。胶东王刘寄去世。

　　秋,匈奴昆邪王杀休屠王,并且率其部众合计四万余人前来投降,被安置在五个属国内。把这些地区划分为武威郡、酒泉郡。

【原文】

　　三年春,有星孛于东方。

　　夏五月,赦天下。立胶东康王少子庆为六安王。封故相国萧何曾孙庆为列侯。

秋，匈奴入右北平、定襄，杀略千余人。

遣谒者劝有水灾郡种宿麦。举吏民能假贷贫民者以名闻。

减陇西、北地、上郡戍卒半。

发谪吏穿昆明池。

【译文】

三年春，彗星在东方出现。

夏五月，大赦天下。立胶东康王少子刘庆为六安王。封故相国萧何曾孙萧庆为列侯。

秋，匈奴侵入右北平郡、定襄郡，杀掠千余人。

派遣谒者在水灾郡县提倡种冬小麦。推举官员、百姓中能借贷给贫民钱粮者，把名字报上朝廷。

把征调陇西郡、北地郡、上郡的戍边兵卒减少一半。

征调有罪官吏去开凿昆明池。

【原文】

六月，诏曰："日者有司以币轻多奸，农伤而末众，又禁兼并之涂，故改币以约之。稽诸往古，制宜于今。废期有月，而山泽之民未谕。夫仁行而从善，义立则俗易，意奉宪者所以导之未明与？将百姓所安殊路，而挢虔吏因乘势以侵蒸庶邪？何纷然其扰也！今遣博士大等六人分循行天下，存问鳏、寡、废、疾，无以自振业者贷与之。谕三老、孝弟以为民师，举独行之君子，征诣行在所。朕嘉贤者，乐知其人。广宣厥道，士有特招，使者之任也。详问隐处亡位及冤失职，奸猾为害、野荒治苛者，举奏。郡国有所以为便者，上丞相、御史以闻。"

秋九月，大司马骠骑将军去病薨。

【译文】

六月，下诏说："不久前朝廷官员由于钱币重量轻又多伪造，伤害了农业生产者，而从事商业和手工业的人增多起来，又要堵塞大家富户兼并弱小贫民的道路，因此更换钱币以便加以限制。考查古代，制定适合今天的办法。废除旧币已有一个月的时间了，而山泽之民还不知道这事。实行仁爱政策人们就可以从事善良之事，确立了正义就可以改变社会风俗，究竟是奉旨执行命令的人宣示引导不明呢？还是安置百姓有不同办法，而妄托上命乘机侵夺民众的官吏造成的？怎么这样杂乱烦扰！今派遣博士褚大等六人分别巡察天下，慰问鳏、寡、残疾人，没有力量兴办产业者由官方借贷给予支持。晓谕天下任命三老、孝悌为民师，推举有特殊才能和品德的人，请到朕所在之处。朕嘉奖贤人，很高兴见到和认识这些人。广泛宣扬他们的品德，才德兼备之士受特殊召请，责任在于使者的鉴别与推举。详细询问隐身不被任用，以及蒙冤失去正常职业等情况。奸邪狡猾为害百姓的人，农田没有开垦为政又苛刻的官吏，一律揭发上奏。郡国能妥善处理事务的人，都要上报丞相、御史大夫。"

秋九月，大司马骠骑将军霍去病去世。

【原文】

秋九月，诏曰："仁不异远，义不辞难，今京师虽未为丰年，山林、池泽之饶与民共之。今水潦移于江南，迫隆冬至，朕惧其饥寒不活。江南之地，火耕水耨，方下巴、蜀之粟致之江陵，遣博士中等分循行，谕告所抵，无令重困。吏民有振救饥民免其厄者，具举以闻。"

【译文】

秋九月，下诏说："仁爱不分远近，正义不怕艰难。今天京师虽然没有获得丰收，但山林、池泽的财富可与百姓共享。现在水灾移到江南，寒冬就要迫近，朕害怕百姓饥寒交加无法存活下去。江南地区，烧草灌水种田，刚刚从巴、蜀运粟米到江陵，派遣博士中等人分路前往巡视，晓谕所到之处，不许加重百姓负担使之困苦。官吏和百姓有能救济饥民使其摆脱饥饿困境者，全都上报朝廷。"

【原文】

三年冬，徙函谷关于新安。以故关为弘农县。

十一月，令民告缗者以其半与之。

正月戊子，阳陵园火。夏四月，雨雹，关东郡国十余饥，人相食。

常山王舜薨。子敦嗣立，有罪，废徙房陵。

【译文】

三年冬,迁徙函谷关关口到新安县,在旧关地址设立弘农县。

十一月,下令允许百姓告发隐瞒产业资财税的人,并可以得到其财产一半的奖励。

正月戊子,景帝的阳陵园失火。夏四月,雨水冰雹并下,关东地区十几个郡国发生饥荒灾难,出现了人吃人的现象。

常山王刘舜去世。其子刘敖继王位,因有罪,废王号迁徙到房陵。

【原文】

四年冬十月,行幸雍,祠五畤。赐民爵一级,女子百户牛、酒。行自夏阳,东幸汾阴。十一月甲子,立后土祠于汾阴脽上。礼毕,行幸荥阳。还至洛阳,诏曰:"祭地冀州,瞻望河、洛,巡省豫州,观于周室,邈而无祀。询问耆老,乃得孽子嘉。其封嘉为周子南君,以奉周祀。"

春二月,中山王胜薨。

夏,封方士栾大为乐通侯,位上将军。

六月,得宝鼎后土祠旁。秋,马生渥洼水中。作《宝鼎》、《天马》之歌。

【译文】

四年冬十月,驾临雍县,祭祀五帝庙。赏赐百姓爵位一级,受爵者之妻每一百户宰食牛一头、赏酒若干斗。从夏阳出行,向东驾临汾阴。十

金镶嵌短剑　西汉中期,出土于河北省满城县陵山中山靖王刘胜墓,现藏于河北省博物馆。

一月甲子日,在汾阴高丘上建后土祠。礼仪完毕后,驾临荥阳。返回到了洛阳,下诏说:"在冀州祭礼土地神,瞻望黄河、洛水,巡视豫州,在周王室旧址观览,竟没一人祭祀他们。询问老人,才找到旁支后代姬嘉。应封姬嘉为周子南君,以便侍奉周朝香火。"

春二月,中山靖王刘胜去世。

夏,封方士栾大为乐通侯,爵位相当于上将军。

六月,在后土祠旁挖得宝鼎。秋,在渥洼水中生出神马。作《宝鼎》、《天马》之歌。

【原文】

夏四月,南越王相吕嘉反,杀汉使者及其王、王太后。赦天下。

丁丑晦,日有蚀之。

秋,蛙、虾蟆斗。

遣伏波将军路博德出桂阳,下湟水;楼船将军杨仆出豫章,下浈水;归义越侯严为戈船将军,出零陵,下离水;甲为下濑将军,下苍梧。皆将罪人,江、淮以南楼船十万人。越驰义侯遗别将巴、蜀罪人,发夜郎兵,下牂柯江,咸会番禺。

【译文】

夏四月,南越王丞相吕嘉反叛,杀汉使者及南越王、王太后。大赦天下。

丁丑月末,发生日食。

秋,蛙与虾蟆群斗。

派遣伏波将军路博德出兵桂阳,顺湟水而下;楼船将军杨仆出豫章,顺浈水而下;归义侯严任戈船将军,出零陵,顺离水而下;甲为下濑将军,从苍梧出发。诸将均率罪人,江、淮以南楼船水兵十几万人。越人驰义侯遣另外的人统率巴、蜀罪人,征发夜郎兵,顺牂柯江而下,各路大军在番禺会齐。

【原文】

六年冬十月,发陇西、天水、安定骑士及中尉,河南、河内卒十万人,遣将军李息、郎中令徐自为征西羌,平之。

行东,将幸缑氏,至左邑桐乡,闻南越破,以为闻喜县。春,至汲新中乡,得吕嘉首,以为获嘉县。驰义侯遗兵未及下,上便令征西南夷,平之。遂定越地,以为南海、苍梧、郁林、合浦、交阯、九真、日南、珠崖、儋耳郡。定西南夷,以为武都、牂柯、越巂、沈黎、文山郡。

【译文】

六年冬十月，征发陇西、天水、安定各郡县骑兵及中尉，河南、河内兵卒十万人，派遣将军李息、郎中令徐自为征讨西羌，平息了叛乱。

巡行东方，将要驾临缑氏县，到左邑桐乡时，听说南越兵胜，改左邑县为闻喜县。春，到汲县新中乡时，获吕嘉人头，改汲县为获嘉县。驰义侯的兵未及到达，武帝便命令去征讨西南地区少数民族，骚乱被平息。于是划定南越区域，设置南海、苍梧、郁林、合浦、交阯、九真、日南、珠崖、儋耳九郡。划定西南区域，设置武都、牂柯、越巂、沈黎、文山五郡。

【原文】

元封元年冬十月，诏曰："南越、东瓯咸伏其辜，西蛮、北夷颇未辑睦。朕将巡边垂，择兵振旅，躬秉武节，置十二部将军，亲帅师焉。"行自云阳，北历上郡、西河、五原，出长城，北登单于台，至朔方，临北河。勒兵十八万骑，旌旗径千余里，威震匈奴。遣使者告单于曰："南越王头已县于汉北阙矣。单于能战，天子自将待边；不能，亟来臣服。何但亡匿幕北寒苦之地为！"匈奴詟焉。还，祠黄帝于桥山，乃归甘泉。

【译文】

元封元年冬十月，下诏说："南越、东瓯都归服了，西部、北部各民族尚未和睦，朕将要巡行边防，激励官兵振奋士气，亲自掌握统军号令，设立十二部将军，亲临前线统率军队。"巡行从云阳开始，北经上郡、西河、五原，出长城，北面登上单于台，到朔方和北河岸边。检阅骑兵十八万骑，旌旗长达千余里，威震匈奴。派遣使者告诉单于说："南越王人头已经挂在汉宫北门。单于如果敢应战，天子亲自率军在边界等待；不能应战，速来臣服汉朝。为什么只是躲藏在漠北寒苦之地呢！"匈奴畏惧。武帝返回，在桥山祭祀黄帝，然后回到甘泉。

【原文】

夏四月癸卯，上还，登封泰山，降坐明堂。诏曰："朕以眇身承至尊，兢兢焉惟德菲薄，不明于礼乐，故用事八神。遭天地况施，著见景象，屑然如有闻。震于怪物，欲止不敢，遂登封泰山，至于梁父，然后升禅肃然。自新，嘉与士大夫更始，其以十月为元封元年。行所巡至，博、奉高、蛇丘、历城、梁父，民田租逋赋、贷，已除。加年七十以上孤、寡帛，人二匹。四县无出今年算。赐天下民爵一级，女子百户牛、酒。"

【译文】

夏四月癸卯，武帝返回，祭祀泰山，下山坐于明堂召见大臣。下诏说："朕以卑微之身承受了尊贵的帝位，每日担心的都是恩德浅薄，对礼乐制度不够明了，因此祭祀天地恭请八方之神。遇到了天地神灵的恩赐，显现出神灵圣光和景像，倏然听到呼喊万岁之声。被奇景震慑，欲制止又不敢轻动，于是登上泰山祭祀天神，下至梁父山祭祀地神，然后又上肃然山祭祀。从此有了新的起点，鼓励士大夫也去旧更新，应以十月为元封元年。巡行所到之处，博县、奉高县、蛇丘县、历城县、梁父县，百姓的田租、借贷之官物、赋税，都已免除。增加赏赐年七十岁以上的孤寡者帛，每人二匹。四个县不交今年的人口税。赐天下百姓爵位一级，受爵者之妻以百户计算赏宰食牛一头、酒若干。"

铜尊　西汉酒器。整件器物饰以错金银云纹，精美华丽，是实用重器中的精品。

【原文】

二年冬十月，行幸雍，祠五畤。春，幸缑氏，遂至东莱。

夏四月，还祠泰山。至瓠子，临决河，命从臣将军以下皆负薪塞河堤，作《瓠子之歌》。赦所过徒，赐孤、独、高年米，人四石。还，作甘泉通天台、长安飞廉馆。

朝鲜王攻杀辽东都尉，乃募天下死罪击朝鲜。

六月，诏曰："甘泉宫内中产芝，九茎连叶。上帝博临，不异下房，赐朕弘休。其赦天下，赐云阳都百户牛、酒。"作《芝房之歌》。

秋，作明堂于泰山下。

遣楼船将军杨仆、左将军荀彘将应募罪人击朝鲜。

又遣将军郭昌、中郎将卫广发巴、蜀兵平西南夷未服者，以为益州郡。

【译文】

二年冬十月，驾临雍县，祭祀五帝。春，驾临缑氏县，又到东莱。

夏四月，返回祭祀泰山。到瓠子堤，正遇黄河决口，命令随从大臣将军以下都背柴填塞河堤，作《瓠子之歌》。赦免经过地之罪犯，赐孤独年高者米，每人四石。返回后，建造甘泉宫的通天台、长安的飞廉馆。

朝鲜王攻杀辽东都尉，于是招募天下被判死刑的罪犯去攻打朝鲜。

六月，下诏说："甘泉宫内室生长出灵芝，九茎叶与叶相连。上方天帝博施恩德，连下房内室都降临恩泽，赐朕弘大美好之物。应赦天下，赏赐云阳都每百户宰食牛一头、酒若干。"作《芝房之歌》。

秋，建造明堂于泰山之下。

派遣楼船将军杨仆、左将军荀彘率领应募罪人攻打朝鲜。又派遣将军郭昌、中郎将卫广征发巴、蜀兵镇压西南少数民族地区没有臣服的人，设置益州郡。

【原文】

秋，以匈奴弱，可遂臣服，乃遣使说之。单于使来，死京师。匈奴寇边，遣拔胡将军郭昌屯朔方。

五年冬，行南巡狩，至于盛唐，望祀虞舜于九嶷。登灊天柱山，自寻阳浮江，亲射蛟江中，获之。舳舻千里，薄枞阳而出，作《盛唐枞阳之歌》。遂北至琅邪，并海，所过，礼祠其名山大川。春三月，还至泰山，增封。甲子，祠高祖于明堂，以配上帝，因朝诸侯王、列侯，受郡国计。夏四月，诏曰："朕巡荆、扬、辑江、淮物，会大海气，以合泰山。上天见象，增修封禅。其赦天下。所幸县毋出今年租赋，赐鳏、寡、孤、独帛，贫穷者粟。"还幸甘泉，郊泰畤。

【译文】

秋，由于匈奴势力削弱，可以使其臣服汉朝，于是便派使臣前去说降。单于派使臣来京，死于京师。匈奴攻打边地，派拔胡将军郭昌驻屯朔方。

五年冬，向南方巡视游猎，到达南郡盛唐地区，遥祭葬于九嶷山的尧、舜，登上灊地的天柱山，从寻阳县上船游长江，武帝亲射并捕得江中之蛟。船只前后连接千里，在枞阳停船登岸，作《盛唐枞阳之歌》。于是北到琅邪，傍依大海而行，沿途拜祭名山大川。春三月，回到泰山，增修山上祭坛。甲子日，在明堂祭祀高祖，牌位配于天帝之旁，随之召见诸侯王及列侯，让郡国上报地方钱粮、户口、治安等情况。夏四月，下诏说："朕巡游荆州、扬州，邀集江、淮之神，会聚大海之气，聚合致于泰山。上天显示征兆，增修了祭坛。应大赦天下。驾临所过之县免去今年租赋，赏赐鳏、寡、孤独者帛，贫穷人家赐粟。"返回后驾临甘泉宫，祭祀太一天神。

【原文】

　　蝗从东方飞至敦煌。
　　二年春正月戊申，丞相庆薨。
　　三月，行幸河东，祠后土。令天下大酺五日，媵五日，祠门户，比腊。
　　夏四月，诏曰："朕用事介山，祭后土，皆有光应。其赦汾阴、安邑殊死以下。"
　　五月，籍吏民马，补车骑马。
　　秋，蝗。遣浚稽将军赵破奴二万骑出朔方击匈奴，不还。
　　冬十二月，御史大夫儿宽卒。

【译文】

　　蝗虫从东方飞到敦煌。
　　二年春正月戊申，丞相石庆去世。
　　三月，驾临河东郡，祭祀后土。让天下百姓大饮五日，陪祭五日，祭祀宗族，腊祭百神。
　　夏四月，下诏说："朕祭祀介山，祭祀后土，皆有神光照应。应赦汾阴、安邑死罪以下犯人。"
　　五月，登记官吏、百姓养马数量，从中征调一批补充驾车马、战马。
　　秋，蝗灾。派遣浚稽将军赵破奴率二万骑兵从朔方出击匈奴，没有返回。
　　冬十二月，御史大夫儿宽死。

陶骑马武士俑　西汉彩绘，高65厘米。1965年出土于陕西咸阳杨家湾汉墓。

【原文】

　　夏五月，贰师将军三万骑出酒泉，与右贤王战于天山，斩首虏万余级。又遣因杅将军出西河，骑都尉李陵将步兵五千人出居延北，与单于战，斩首虏万余级。陵兵败，降匈奴。

　　秋，止禁巫祠道中者。大搜。

　　渠黎六国使使来献。

　　泰山、琅邪群盗徐㪍等阻山攻城，道路不通。遣直指使者暴胜之等衣绣衣、杖斧分部逐捕。刺史、郡守以下皆伏诛。

　　冬十一月，诏关都尉曰："今豪杰多远交，依东方群盗。其谨察出入者。"

　　三年春二月，御史大夫王卿有罪，自杀。

　　初榷酒酤。

　　三月，行幸泰山，修封，祀明堂，因受计。还幸北地，祠常山，瘗玄玉。夏四月，赦天下。行所过毋出田租。

　　秋，匈奴入雁门，太守坐畏愞弃市。

【译文】

　　夏五月，贰师将军率兵三万从酒泉郡出发，与匈奴右贤王大战于天山，斩杀万余人。又派遣因杅将军从西河郡出兵，骑都尉李陵带兵五千人从居延城北出发，与单于战，斩匈奴万余人。李陵兵败，投降匈奴。

　　秋，下令禁止在道路上建立巫庙。在京师大搜奸人。

　　渠黎等西域六国派使者前来献礼。

　　泰山、琅邪百姓徐㪍等占据山险攻打当地县城，道路不通。朝廷派遣直指使者暴胜之等穿绣衣、持杖斧分别前往各州追捕。刺史、郡守以下官员都处死。

　　冬十一月，下诏通告都尉说："如今仗势横行的强人多去远方交结同党，依靠东方反叛的百姓。应谨慎察验出入关的人。"

　　三年春二月，御史大夫王卿有罪，自杀。

　　初次实行酒类专卖。

　　三月，驾临泰山，修理祭坛祭天，在明堂祭祖，随之召见郡国上计簿使。返回时驾临北地，祭祀常山地神，埋黑玉于地下。夏四月，赦天下罪人。驾临所过之地不交当年田租。

秋，匈奴侵入雁门郡，太守因畏懦犯罪被处死在街头。

【原文】

三月，诏曰："有司议曰，往者朕郊见上帝，西登陇首，获白麟以馈宗庙，渥洼水出天马，泰山见黄金，宜改故名。今更黄金为麟趾褭蹄以协瑞焉。"因以班赐诸侯王。

秋，旱。九月，募死罪人赎钱五十万减死一等。

御史大夫杜周卒。

三年春正月，行幸甘泉宫，飨外国客。

【译文】

三月，下诏说："朝中官员讨论说，不久前朕祭天时见到天帝，到西方登上陇首山，猎获白麟以赠祀宗庙，渥洼水出现天马，泰山出现黄金，宜更改旧的钱币名称。今改黄金为麟足马蹄形以便适应祥瑞。"用此黄金赏赐诸侯王。

秋，旱灾。九月，死罪者交出钱五十万减死罪一级。

御史大夫杜周死。

三年春正月，驾临甘泉宫，宴请外国客人。

【原文】

四年春三月，行幸泰山。壬午，祀高祖于明堂，以配上帝，因受计。癸未，祀孝景皇帝于明堂。甲申，修封。丙戌，禮石闾。夏四月，幸不其，祠神人于交门宫，若有乡坐拜者。作《交门之歌》。夏五月，还幸建章宫，大置酒，赦天下。

【译文】

四年春三月，驾临泰山。壬午，在明堂拜祭高祖，以其牌位配于天帝之侧，遂即召见郡国上计簿使。癸未，在明堂拜祭孝景帝。甲申，修理祭坛以祭天神。丙戌，在石闾山祭天。夏四月，驾临不其县，在交门宫拜祭神人，就好像有神坐于祠中，对神进行拜祭一样。作《交门之歌》。夏五月，返回建章宫，大设酒宴，赦天下罪人。

【原文】

　　征和元年春正月，还，行幸建章宫。

　　三月，赵王彭祖薨。

　　冬十一月，发三辅骑士大搜上林，闭长安城门索，十一日乃解。巫蛊起。

　　二年春正月，丞相贺下狱死。

　　夏四月，大风发屋、折木。

　　闰月，诸邑公主、阳石公主皆坐巫蛊死。

　　夏，行幸甘泉。

　　秋七月，按道侯韩说、使者江充等掘蛊太子宫。壬午，太子与皇后谋斩充，以节发兵与丞相刘屈氂大战长安，死者数万人。庚寅，太子亡，皇后自杀。初置城门屯兵。更节加黄旄。御史大夫暴胜之、司直田仁坐失纵，胜之自杀，仁要斩。

　　八月辛亥，太子自杀于湖。

【译文】

　　征和元年春正月，返回，驾临建章宫。

　　三月，赵王刘彭祖去世。

　　冬十一月，征派三辅骑士大搜上林苑，关闭长安城门搜查行巫术者，十一日才放行。巫术诅咒、埋木偶害人事件发生了。

　　二年春正月，丞相公孙贺下狱自杀。

　　夏四月，大风吹坏房屋、折断树木。

　　闰四月，诸邑公主、阳石公主都因巫蛊之祸罪被处死。

　　夏，驾临甘泉。

　　秋七月，按道侯韩说、使者江充等人在太子住处掘出木偶人。壬午，太子与皇后合谋杀江充，拿兵符调军队与丞相刘屈氂大战于长安城，死者数万人。庚寅，太子出逃，皇后自杀。开始派驻城门屯兵，更换兵符，上加黄色旄毛小穗。御史大夫暴胜之、司直田仁因放纵而犯罪，胜之自杀，田仁被处以腰斩。

　　八月辛亥，太子自杀于湖县。

【原文】

三年春正月，行幸雍，至安定、北地。匈奴入五原、酒泉，杀两都尉。

三月，遣贰师将军广利将七万人出五原，御史大夫商丘成二万人出西河，重合侯马通四万骑出酒泉。成至浚稽山与虏战，多斩首。通至天山，虏引去，因降车师。皆引兵还。广利败，降匈奴。

夏五月，赦天下。

六月，丞相屈氂下狱要斩，妻枭首。

秋，蝗。

九月，反者公孙勇、胡倩发觉，皆伏辜。

【译文】

三年春正月，驾临雍县，然后到达安定、北地。匈奴侵入五原、酒泉，并杀死了两个都尉。

三月，派贰师将军李广利带兵七万从五原出发，御史大夫商丘成率二万步兵从西河出发，重合侯马通率四万骑从酒泉出发。商丘成到达浚稽山与匈奴交战，杀敌很多。马通到达天山，匈奴退去，于是降服车师国。商丘成、马通都率部返回。李广利兵败，投降匈奴。

夏五月，赦天下罪人。

六月丞相刘屈氂被下狱用腰斩刑处死，其妻悬首示众。

秋，蝗灾。

九月，谋反人公孙勇、胡倩被发现，皆伏法。

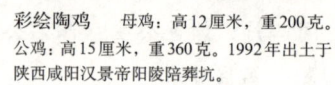

彩绘陶鸡　　母鸡：高12厘米，重200克。公鸡：高15厘米，重360克。1992年出土于陕西咸阳汉景帝阳陵陪葬坑。

【原文】

四年春正月，行幸东莱，临大海。

二月丁酉，陨石于雍，二，声闻四百里。

三月，上耕于巨定。还幸泰山，修封。庚寅，祀于明堂。癸巳，禘石闾。夏六月，还幸甘泉。

秋八月辛酉晦，日有蚀之。

后元元年春正月，行幸甘泉，郊泰畤，遂幸安定。

昌邑王髆薨。

二月，诏曰："朕郊见上帝，巡于北边，见群鹤留止，以不罗罔，靡所获献。荐于泰畤，光景并见。其赦天下。"

夏六月，御史大夫商丘成有罪自杀。侍中仆射莽何罗与弟重合侯通谋反，侍中驸马都尉金日䃅、奉车都尉霍光、骑都尉上官桀讨之。

【译文】

四年春正月，驾临东莱，到达大海岸边。

二月，陨石落在雍县，有二块，声响传至四百里之外。

三月，武帝在巨定耕田。返回后驾临泰山，修理坛台祭祀天神。庚寅，在明堂拜祭。癸巳，祭石闾山。夏六月，返回后驾临甘泉。

秋八月辛酉月末，出现日食。

后元元年春正月，驾临甘泉，祭祀太一神庙，然后驾临安定。

昌邑王髆去世。

二月，下诏说："朕祭祀天神时见到上帝，在北边巡游时，见到群鹤停留，由于未用网捕，所以没有献上猎物。进献太一神庙，神光、景像同时出现。应赦天下罪人。"

夏六月，御史大夫商丘成有罪自杀。侍中仆射莽何罗与弟重合侯马通谋反，侍中驸马都尉金日䃅、奉车都尉霍光、骑都尉上官桀讨平反叛。

【原文】

秋七月，地震，往往涌泉出。

二月春正月，朝诸侯王于甘泉宫，赐宗室。

二月，行幸盩厔五柞宫。乙丑，立皇子弗陵为皇太子。丁卯，帝崩于五柞宫，入殡于未央宫前殿。三月甲申，葬茂陵。

【译文】

秋七月，地震，常常涌出泉水。

二年春正月，在甘泉宫召见诸侯王，赏赐宗室。

二月,驾临盩厔县五柞宫。乙丑,立皇子弗陵为皇太子。丁卯日,武帝驾崩于五柞宫,在未央宫前殿入殓。三月甲申,葬在茂陵。

项籍传

【题解】

项籍即西楚霸王,名籍,字羽。秦末下相(今江苏宿迁西南)人。前209年,随其叔项梁起兵,响应陈胜、吴广起义。前207年,于巨鹿之战击溃章邯所部秦军主力。前206年自立为西楚霸王,分封诸侯,以刘邦为汉王。楚汉战争爆发后,因决策失宜,终于前202年被围垓下(今河南鹿邑东,一说为安徽灵璧南),突围至乌江自刎而死。

【原文】

项籍字羽,下相人也。初起,年二十四。其季父梁,梁父即楚名将项燕者也。家世楚将,封于项,故姓项氏。

【译文】

项籍字羽,下相人。反秦起事时,年仅二十四岁。他的叔父是项梁,项梁的父亲就是楚国名将项燕。因世代为楚将,受封于项,故姓项氏。

项羽

【原文】

籍少时,学书不成,去;学剑又不成,去。梁怒之。籍曰:"书足记姓名而已。剑一人敌,不足学,学万人敌耳。"于是梁奇其意,乃教以兵法。籍大喜,略知其意,又不肯竟。梁尝有栎阳逮,请蕲狱掾曹咎书抵栎阳狱史司马欣,以故事皆已。梁尝杀人,与籍避仇吴中。吴中贤士大夫皆出梁下。每有大繇役及丧,梁常主办,阴以兵法部勒宾客子弟,以知其能。秦始皇帝东游会稽,渡浙江,梁与籍观。籍曰:"彼可取而代也。"梁掩其口,曰:"无妄言,族矣!"梁以此奇籍。籍长八尺二寸，力扛鼎，才气过人。吴中子弟皆惮籍。

【译文】

项籍年轻时，学习识文写字，没有学成，放弃了；改学击剑，又没有学成，放弃了。项梁对他很生气。项籍说："学习写字只要能记姓名就行了。学习击剑只能对付一个敌人，不足以去学，要学就学对付千万敌人的本领。"项梁听了感到惊奇，于是教他学兵法。项籍非常高兴，但略知兵法的大意，就不肯深学下去了。项梁曾因罪案牵连逮入栎阳狱中，后来蕲县狱掾曹咎写书信向栎阳狱史司马欣求情，案情才得以了结。项梁曾杀人，于是与项籍为了躲避仇家来到了吴中。吴中贤士大夫的才能都比不上项梁。每有大规模徭役征发和丧事，常由项梁主办，项梁暗中用兵法部署调度宾客子弟，了解他们的才能。秦始皇东游会稽，渡浙江，项梁与项籍同去观看。项籍说："那个皇帝，我可取而代之。"项梁捂住他的嘴，说："不要胡言乱语，这是要灭族的！"项梁因此认为项籍非同一般。项籍身长八尺二寸，力能扛鼎，才气胜过别人。吴中子弟都敬畏他。

【原文】

秦二年，广陵人召平为陈胜徇广陵，未下。闻陈胜败走，秦将章邯且至，乃渡江矫陈王令，拜梁为楚上柱国，曰："江东已定，急引兵西击秦。"梁乃以八千人渡江而西。闻陈婴已下东阳，使使欲与连和俱西。陈婴者，故东阳令史，居县，素信，为长者。东阳少年杀其令，相聚数千人，欲立长，无适用，乃请陈婴。婴谢不能，遂强立之，县中从之者得二万人。欲立婴为王，异军苍头特起。婴母谓婴曰："自吾为乃家妇，闻先故未曾贵。今暴得大名，不详，不如有所属，事成犹得封侯，事败易以亡，非世所指名也。"婴乃不敢为王，谓其军吏曰："项氏世世将家，有名于楚，今欲举大事，将非其人，不可。我倚名族，亡秦必矣。"其众从之，乃以其兵属梁。梁渡淮，英布、蒲将军亦以其兵属焉。凡六七万人，军下邳。

【译文】

秦二世二年,广陵人召平为陈胜攻略广陵,未能攻下。后来听说陈胜败走,秦将章邯又将要到达,召平就渡江假托陈胜王的命令,拜项梁为楚上柱国,说:"江东已经平定,迅速引兵西向击秦。"项梁就以八千人渡江向西进发。他听到陈婴已攻下东阳,就派遣使者,相约与陈婴联合,一同西进。陈婴此人,本来是东阳令史,在县中素来讲求信义,被人们认为是长者。东阳少年杀死了他们的县令,聚集了数千人,想立一个首领,没有一个合适的,就请陈婴担任。陈婴谢绝说不能胜任,大家就强行推立他为首领。县中跟从起事的有二万人,他们又想推立陈婴为王,头上裹以青巾,以有别于其他军队。陈婴的母亲对陈婴说:"自从我嫁到陈家,从未听说陈家的祖先曾有过显贵的时候。现在突然得到很大的名声,不是个好兆头。不如把军队归属于别人,事成可以封侯;因为不是世上有名的人,事败也容易逃脱。"陈婴听了就不敢为王,并对他的军吏说:"项氏世代为将,有名于楚,现在要干大事,非项氏人为将不可。我们依附名门大族,一定能灭亡秦朝的。"于是大家都听从陈婴的话,把军队归属于项梁。项梁渡过淮河,英布、蒲将军也率军归附。共有六七万人,驻扎在下邳。

秦代青铜龙　长240厘米,宽100厘米,高40厘米。出土于秦始皇陵附近。

【原文】

　　宋义所遇齐使者高陵君显见楚怀王曰:"宋义论武信君必败,数日果败。军未战先见败征,可谓知兵矣。"王召宋义与计事而说之,因以为上将军;羽为鲁公,为次将,范增为末将。诸别将皆属,号卿子冠军。北救赵,至安阳,留不进。秦三年,羽谓宋义曰:"今秦军围巨鹿,疾引兵渡河,楚击其外,赵应其内,破秦军必矣。"宋义曰:"不然。夫搏牛之虻不可以破虱。今秦攻赵,战胜则兵罢,我承其敝;不胜,则我引兵鼓行而西,必举秦矣。故不如先斗秦、赵。夫击轻锐,我不如公;坐运筹策,公不如我。"因下令军中曰:"猛如虎,很如羊,贪如狼,强不可令者,皆斩。"遣其子襄相齐,身送之无盐,饮酒高会。天寒大雨,士卒冻饥。羽曰:"将戮力而攻秦,久留不行。今岁饥民贫,卒食半菽,军无见粮,乃饮酒高会,不引兵渡河因赵食,与并力击秦,乃曰'承其敝'。夫以秦之强,攻新造之赵,其势必举赵。赵举秦强,何敝之承!且国兵新破,王坐不安席,扫境内而属将军,国家安危,在此一举。今不恤士卒而徇私,非社稷之臣也。"羽晨朝上将军宋义,即其帐中斩义头,出令军中曰:"宋义与齐谋反楚,楚王阴令籍诛之。"诸将詟服,莫敢枝梧。皆曰:"首立楚者,将军家也。今将军诛乱。"乃相与共立羽为假上将军。使人追宋义子,及之齐,杀之。使桓楚报命于王。王因使使立羽为上将军。

【译文】

宋义在路上遇到的齐国使者高陵君显,到盱台见到楚怀王说:"宋义断定武信君必败,数日后果然如此。军队未开战之前而能够见到失败的征兆,这可以说是深知兵法的了。"楚怀王召见宋义,和他商议事情,大为高兴,就封他为上将军;项羽为鲁公,为次将,范增为末将。各路别将都统属于宋义,宋义号称卿子冠军。宋义北上救赵,到安阳就停留不进。秦二世三年,项羽对宋义讲:"现在秦军围困巨鹿,应迅速引兵渡河,楚军攻击秦军于外,赵军响应在内,必能攻破秦军。"宋义说:"不对。用手搏击,可以杀死牛身上的牛虻,而不能伤害虱子。现今秦军攻赵,如果战胜了,则秦军兵疲力尽,我们乘秦军疲惫发动进攻;如果秦军不胜,我们就引兵鸣鼓而西,必能打垮秦军。所以不如让秦、赵先斗战。率精兵作战,我不如您;策划运筹,您不如我。"因此下令军中说:"凶猛如虎,狠戾如羊,贪婪如狼,倔犟不听命令的,一律斩首。"宋义又派他的儿子宋襄去辅助齐国,亲自送到无盐,设酒席大会宾客。时值天寒大雨,士卒冻冷饥饿。项羽说:"本来想并力攻秦,现在却久留不行。现在年荒民贫,士卒只能吃半升豆子,军无存粮,宋义却设酒宴大会宾客,不引兵渡河就地取用赵国的粮食,与赵国合力抗秦,而说什么'等待秦军疲惫'。以秦之强大,攻新建立的赵国,赵国势必被攻垮。赵国被攻破,秦军更强大,还有什么疲惫的机会可乘!况且楚军最近被打败,楚怀王坐卧不安,倾全国之兵交给将军宋义,国家安危,在此一举。如今宋义不体恤士卒而徇私设宴,不是社稷之臣呀!"项羽早晨参见上将军宋义,就在军帐中

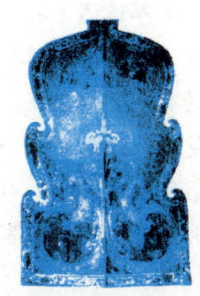

铜盾　盾是作战中不可或缺的防御武器。秦人做的盾,边缘呈波浪形,盾表饰有云纹,不仅实用,而且美观。

斩了宋义的脑袋,出来向军中发令说:"宋义与齐阴谋反楚,楚王秘密命令我杀他。"诸将都恐惧屈服,不敢支吾吭声,都说:"首先建立楚国的,是将军项氏一家。今将军应该处死叛乱之人。"将领们互相商量,共立项羽为代理上将军,派人去追宋义的儿子,赶到了齐地,就把他杀了。项羽又派遣桓楚到盱台向楚怀王报告,楚怀王便派遣使者封项羽为上将军。

【原文】

羽已杀卿子冠军,威震楚国,名闻诸侯。乃遣当阳君、蒲将军将卒二万人渡河救巨鹿。战少利,陈馀复请兵。羽乃悉引兵渡河。已渡,皆湛舡,破釜甑,烧庐舍,持三日粮,视士必死,无还心。于是至则围王离,与秦军遇,九战,绝甬道,大破之,杀苏角,虏王离。涉间不降,自烧杀。当是时,楚兵冠诸侯。诸侯军救巨鹿者十余壁,莫敢纵兵。及楚击秦,诸侯皆从壁上观。楚战士无不一当十,呼声动天地。诸侯军人人惴恐。于是楚已破秦军,羽见诸侯将,入辕门,膝行而前,莫敢仰视。羽由是始为诸侯上将军。兵皆属焉。

【译文】

项羽杀了卿子冠军,威震楚国,名闻诸侯。他就派遣当阳君、蒲将军率军二万渡河救巨鹿。战事稍有胜利,陈馀又向项羽请兵求援。项羽就率全部人马渡黄河北上。渡过了河,就凿沉渡船,砸破炊具,烧毁营舍,带三天口粮,以此表示士卒拼死而不打算生还的决心。军队一到巨鹿就把王离秦军围了起来,与秦军遭遇,打了九仗,切断了秦军运粮的甬道,大破秦军,杀秦将苏角,活捉了王离。涉间不肯投降,自焚而死。当时,楚军勇冠诸侯。诸侯军救援巨鹿的有十多个营垒,都不敢纵兵出战。到楚军攻击秦军时,诸侯都在营垒上观战。楚军战士无不以一当十,杀喊声震天动地。诸侯军人人都心惊胆战。楚军大破秦军以后,项羽召见诸侯将领,进入辕门,他们跪膝而行,不敢抬头仰视。项羽从此成为诸侯军的上将军,军队都归属于他。

【原文】

章邯军棘原,羽军漳南,相持未战。秦军数却,二世使人让章邯。章邯恐,使长史欣请事。至咸阳,留司

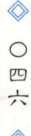

马门三日,赵高不见,有不信之心。长史欣恐,还走,不敢出故道。赵高果使人追之,不及。欣至军,报曰:"事亡可为者。相国赵高颛国主断。今战而胜,高嫉吾功;不胜,不免于死。愿将军熟计之。"陈馀亦遗章邯书曰:"白起为秦将,南并鄢、郢,北坑马服,攻城略地,不可胜计,而卒赐死;蒙恬为秦将,北逐戎人,开榆中地数千里,竟斩阳周。何者?功多,秦不能封,因以法诛之。今将军为秦将三岁矣,所亡失已十万数,而诸侯并起兹益多。彼赵高素谀日久,今事急,亦恐二世诛之,故欲以法诛将军以塞责,使人更代以脱其祸。将军居外久,多内隙,有功亦诛,亡功亦诛,且天之亡秦,无愚智皆知之。今将军内不能直谏,外为亡国将,孤立而欲长存,岂不哀哉!将军何不还兵与诸侯为从,南面称孤,孰与身伏斧质,妻子为戮乎?"章邯狐疑,阴使候始成使羽,欲约。约未成,羽使蒲将军引兵渡三户,军漳南,与秦战,再破之。羽悉引兵击秦军汙水上,大破之。邯使使见羽,欲约。羽召军吏谋曰:"粮少,欲听其约。"军吏皆曰:"善。"羽乃与盟洹水南殷虚上。已盟,章邯见羽流涕,为言赵高。羽乃立章邯为雍王,置军中。使长史欣为上将,将秦军行前。

【译文】

章邯驻军于棘原,项羽驻军于漳南,两军相持未战。由于秦军屡次退却,秦二世就派人责斥章邯。章邯恐惧,派长史司马欣去请示。司马欣到了咸阳,被留在司马门三天,赵高不予接见,有不信任之意。长史司马欣心里害怕,就往回逃走,不敢走来时的旧路。赵高果然派人追赶,没有追上。司马欣到了军中,向章邯报告说:"事情已到了无可作为的地步。相国赵高专权朝政。如今若能战胜,赵高嫉妒我们的功劳,会杀我们;如若不胜,也免不了被处死。望将军慎重考虑。"赵国的陈馀也写信给章邯说:"白起为秦将,向南并吞了鄢、郢等地,向北坑杀了马服子赵括的四十万军队,攻城略地,不可胜数,而结果被赐死;蒙恬为秦将,北逐匈奴,开辟榆中土地数千里,竟然在阳周被斩杀。为什么?功劳太多,秦不能封赏,因此借秦法诛杀他们。现在将军为秦将三年了,士卒伤亡也有十万之多,而诸侯起来造反却越来越多。而赵高向来谄谀,为日已久,现在事情危急,也怕秦二世杀他,故想方设法来诛杀将军,借以推卸责任,找人代罪以摆脱自己的祸患。将军久居在外,朝中很多人与您有矛盾,您有功也是被杀,无功也是被杀。况且天意要灭亡秦朝,无论愚笨还是智慧的人全都知道。现在将军内不能到秦二世面前直接规谏,外即为亡国之将,孤立无援而想长久生存,岂不悲哀啊!将军何不倒戈与诸侯联合,面南称王,这同您身背刀斧受罪、妻子儿女被杀,哪一个比较好些呢?"章邯狐疑不决,暗中派军侯始成去见项羽,想要签订和约。和约未成,项羽就派蒲将军引兵渡三户,驻军漳南,与秦军交战,再败秦军。接着项羽也率领全部兵马攻击秦军于汙水之上,大败秦军。章邯派使者去见项羽,想订立和约。项羽召集军吏商量说:"军中粮少,想与他签订和约。"军吏都一致说:"好。"项羽就与章邯在洹水南面的殷墟订盟。盟约签订以后,章邯见到项羽痛哭流涕,诉说赵高的种种行径。项羽就立章邯为雍王,安置在楚营中。派长史司马欣为上将,率领秦军为先行部队。

【原文】

　　汉元年,羽将诸侯兵三十余万,行略地至河南,遂西到新安。异时诸侯吏卒徭役屯戍过秦中,秦中遇之多亡状,及秦军降诸侯,诸侯吏卒乘胜奴虏使之,轻重折辱秦吏卒。吏卒多窃言曰:"章将军等诈吾属降诸侯,今能入关破秦,大善;即不能,诸侯虏吾属而东,秦又尽诛吾父母妻子。"诸侯微闻其计,以告羽。羽乃召英布、蒲将军计曰:"秦吏卒尚众,其心不服,至关不听,事必危,不如击之,独与章邯、长史欣、都尉翳入秦。"于是夜击坑秦军二十余万人。

【译文】

　　汉高祖元年,项羽率诸侯军三十多万,一路上攻城略地到了河南,然后向西到了新安。从前诸侯吏卒为秦朝服徭役屯戍,路过秦中时,秦中官兵对他们没有好态度和行为,等到秦军投降诸侯后,诸侯吏卒就乘胜把他们当作奴隶使唤,随便欺凌秦军吏卒。秦军吏卒多在私下里议论:"章将

阳陵铜虎符　此符是秦始皇调动军队的凭证,用青铜铸成卧虎状,可中分为二,虎的左、右颈背各有相同的错金篆书铭文12字:"甲兵之符,右在皇帝,左在阳陵。"

军等欺骗我们投降诸侯，今能入关破秦，这当然很好；若不能，诸侯军俘虏我们东去，而秦国势必把我们的父母妻子儿女全部杀死。"诸侯将领暗中听到了他们的议论，报告了项羽。项羽就召集英布、蒲将军商议说："秦军吏卒很多，他们心中不服，如果到了关中不听指挥，事情就必然很危险，不如杀掉他们，只与章邯、长史司马欣、都尉董翳一同入关。"于是就在夜里把秦军二十余万人全部坑杀了。

【原文】

至函谷关，有兵守，不得入。闻沛公已屠咸阳，羽大怒，使当阳君击关。羽遂入，至戏西鸿门，闻沛公欲王关中，独有秦府库珍宝。亚父范增亦大怒，劝羽击沛公。飨士，旦日合战。羽季父项伯素善张良。良时从沛公，项伯夜以语良。良与俱见沛公，因伯自解于羽。明日，沛公从百余骑至鸿门谢羽，自陈："封秦府库，还军霸上以待大王，闭关以备他盗，不敢背德。"羽意既解，范增欲害沛公，赖张良、樊哙得免。语在《高纪》。

【译文】

项羽军至函谷关，有兵把守，不能进入。当听到沛公刘邦已攻下咸阳，项羽大怒，派当阳君攻关。项羽进关，到达戏水西面的鸿门，听到沛公想称王关中，独自占有秦国府库珍宝。亚父范增也大怒，劝项羽击杀沛公。于是犒劳军士，准备明天早上出战。项羽的叔父项伯，向来与张良很好。当时张良跟从沛公，项伯连夜把此情况告诉了张良。张良与他一同去见沛公，沛公托项伯在项羽面前为自己多作解释。第二天，沛公带了一百多个骑兵到鸿门向项羽谢罪，自己陈说道："封闭秦国府库、回军霸上是为了等待大王，关闭函谷关是为了防备盗匪，我不敢违背大王的恩德。"项羽听了，对沛公的意见也就没有了。范增想害沛公，幸亏有张良、樊哙相助而避免了灾祸。这些事，都记在《高帝本纪》中。

【原文】

后数日，羽乃屠咸阳，杀秦降王子婴，烧其宫室，火三月不灭；收其宝货，略妇女而东。秦民失望。于是韩生说羽曰："关中阻山带河，四塞之地，肥饶，可都以伯。"羽见秦宫室皆已烧残，又怀思东归，曰："富贵不归故乡，如衣锦夜行。"韩生曰："人谓楚人沐猴而冠，果然。"羽闻之，斩韩生。

初，怀王与诸将约，先入关者王其地。羽既背约，使人致命于怀王。怀王曰："如约。"羽乃曰："怀王者，吾家武信君所立耳，非有功伐，何以得颛主约？天下初发难，假立诸侯后以伐秦。然身被坚执锐首事，暴露于野三年，灭秦定天下者，皆将相诸君与籍力也。怀王亡功，固当分其地王之。"诸将皆曰："善。"羽乃阳尊怀王为义帝，曰："古之王者，地方千里，必居上游。"徙之长沙，都郴。乃分天下以王诸侯。

【译文】

过了几天，项羽就屠毁咸阳，杀了秦国降王子婴，焚烧了秦朝宫室，大火连烧三个月不灭；搜罗秦朝的珍宝财货，抢掠妇女东去。秦民见此，大失所望。当时韩生游说项羽说："关中阻山带河，四面关塞，土地肥饶，可在此建都称霸。"项羽见秦朝宫室都已烧残，又怀念故乡，心欲东归，于是对韩生说："富贵了不回故乡，犹如穿了锦绣的衣服在夜里行走。"韩生说："人家都说楚人是猕猴戴帽子，虚有仪表。"项羽听了，杀死了韩生。

起初，楚怀王与诸将约定，先入关的人称王关中。项羽既然要违背约定，就派人向楚怀王请命。楚怀王说："应照约定的办。"项羽就说："楚怀王此人，是我家武信君所立，没有战功，凭什么来做主定约？天下最初发难的时候，借立诸侯的后裔为王以便讨伐秦国。然而身披坚甲，手执戈矛，率先起事，风餐露宿，经历三年，消灭暴秦，平定天下的，都是各位将相与我项籍之力。怀王无功，本来就应当分他的土地封大家为王。"诸将听了都说："好。"项羽在表面上尊楚怀王为义帝，说："古代为王的，地方只有千里，必须住在上游。"于是把楚怀王迁徙长沙，以郴作为国都，接着项羽就分割天下，封诸侯为王。

【原文】

汉王劫五诸侯兵，凡五十六万人，东伐楚。羽闻之，即令诸将击齐，而自以精兵三万人南从鲁出胡陵。汉王皆已破彭城，收其货赂美人，日置酒高会。羽乃从萧晨击汉军而东，至彭城，日中，大破汉军。汉军皆走，追之榖、泗水。汉军皆南走山，楚又追击至灵辟东睢水上。汉军却，为楚所挤，多杀。汉卒十余万皆入睢水，睢水为不流。汉王乃与数十骑遁去。太公、吕后间求汉王，反遇楚军。楚军与归，羽常置军中。

【译文】

　　汉王统辖五路诸侯的军队，共五十六万人，东进伐楚。项羽听到后，立即命令诸将去攻打齐国，而自己领精兵三万人南下，从鲁出胡陵。当时汉王已攻破彭城，收掠财物美女，天天设宴会饮。项羽早晨从萧县进击汉军，然后东进，到彭城，时值中午，大破汉军。汉军溃退，被迫逃入榖水、泗水。汉军又全部往南向山里逃，楚军又追击到灵辟以东的睢水上。汉军退却时被楚军所挤迫，多被杀伤。汉军十余万人落入睢水，睢水为之不流。汉王仅与数十个骑兵得以逃遁。太公、吕后到处寻找汉王，反而遇上了楚军。楚军把他们带了回去，项羽就把他们放在军营之中。

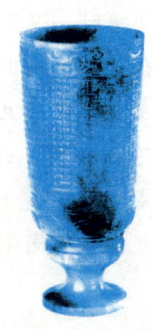

青玉高足杯　秦代饮酒或饮水器。1976年9月出土于陕西省西安市未央区车刘村秦阿房宫遗址。

【原文】

　　时，彭越数反梁地，绝楚粮食；又韩信破齐，且欲击楚。羽使从兄子项它为大将，龙且为裨将，救齐。韩信破杀龙且，追至成阳，虏齐王广。信遂自立为齐王。羽闻之，恐，使武涉往说信。

【译文】

　　这时，彭越几次在梁地造反，切断楚军的粮食供应；而韩信又大破齐军，准备击楚。项羽就派堂兄的儿子项它为大将，龙且为副将，率兵救齐。韩信攻杀龙且，率军追到成阳，俘虏了齐王广。韩信就自立为齐王。项羽听到这一消息，大为恐慌，派武涉去游说韩信。

【原文】

　　时，汉关中兵益出，食多，羽兵食少。汉王使侯公说羽，羽乃与汉王约，中分天下，割鸿沟而西者为汉，东者为楚，归汉王父母妻子。已约，羽解而东。五年，汉王进兵追羽，至固陵，复为羽所败。汉王用张良计，致齐王信、建成侯、彭越兵，及刘贾入楚地，围寿春。大司马周殷叛楚，举九江兵随刘贾，迎黥布，与齐、梁诸侯皆大会。

【译文】
当时，汉军关中士卒日益增多，粮食多。项羽军中粮食少。汉王派侯公去游说项羽，项羽就与汉王约定，中分天下，割鸿沟以西归汉，以东为楚，放回汉王父母妻子儿女。订立了和约后，项羽就解甲东归。汉高祖五年，汉王进兵追击项羽，追到固陵，又为项羽所败。汉王采用张良之计，指令齐王信、建成侯、彭越的军队，到刘贾进入楚地时，围攻寿春。大司马周殷叛楚，带领九江兵随同刘贾，迎合黥布，与齐、梁诸侯军会合。

【原文】
羽壁垓下，军少食尽。汉帅诸侯兵围之数重。羽夜闻汉军四面皆楚歌，乃惊曰："汉皆已得楚乎？是何楚人多也！"起饮帐中。有美人姓虞氏，常幸从；骏马名骓，常骑。乃悲歌慷慨，自为歌诗曰："力拔山兮气盖世，时不利兮骓不逝。骓不逝兮可奈何！虞兮虞兮奈若何？"歌数曲，美人和之。羽泣下数行，左右皆泣，莫能仰视。

【译文】
项羽在垓下做壁垒防守，兵不多，粮食快吃完了。汉王统率诸侯兵在垓下层层围困。项羽在夜里听到汉军四面唱楚歌，就惊奇地说："难道汉军都已夺取了楚地？为何楚人如此之多啊？"于是起来在军帐中饮酒。有一个美人姓虞，深得项羽宠爱，常跟随项羽身边；有一匹骏马叫骓，项羽经常骑它。于是项羽慷慨悲歌，自作诗歌唱道："力可拔山啊壮气盖世，时运不利啊骓马不肯离去。骓马不离去啊无可奈何！虞啊虞啊你怎么办？"接连唱了几遍，美人也随他一起唱和。项羽泪下数行，左右侍从也都悲泣，不能抬头仰视。

【原文】

于是羽遂引东,欲渡乌江。乌江亭长舣船待,谓羽曰:"江东虽小,地方千里,众数十万,亦足王也。愿大王急渡。今独臣有船,汉军至,亡以渡。"羽笑曰:"乃天亡我,何渡为!且籍与江东子弟八千人渡而西,今亡一人还,纵江东父兄怜而王我,我何面目见之哉?纵彼不言,籍独不愧于必乎!"谓亭长曰:"吾知公长者也,吾骑此马五岁,所当亡敌,尝一日千里,吾不忍杀,以赐公。"乃令骑皆去马,步持短兵接战。羽独所杀汉军数百人。羽亦被十余创。顾见汉骑司马吕马童曰:"若非吾故人乎?"马童面之,指王翳曰:"此项王也。"羽乃曰:"吾闻汉购我头千金,邑万户,吾为公得。"乃自刭。

【译文】

于是项羽就引兵向东,想渡乌江。乌江亭长把船停靠岸边等待着项羽,对项羽说:"江东地方虽小,但方圆也有千里,民众数十万,也足可称王。愿大王赶快渡江。现在只有我有船,汉军到来,也无法渡江。"项羽笑着说:"这是天要亡我,我渡江有什么用!况且我项籍与江东子弟八千人一同渡江西进,现在没有一人回归,纵然江东父兄怜悯我而让我称王,我还有什么脸面去见他们?即使他们不说什么,我项籍岂不于心有愧啊!"接着他又对亭长说:"我知道您是为人忠厚的长者。我骑这匹马已有五年,所向无敌,曾一日千里,我不忍心杀了它,就把它送给您吧。"并叫骑兵都把马放了,步行手持短兵器接战。项羽一人杀死汉军数百人,自己也受伤十多处。他回头见到汉军骑司马吕马童说:"你不是我从前的朋友吗?"吕马童面对项羽,指给王翳说:"这就是项王。"项羽说:"我听说汉王用一千斤黄金、一万户封邑来购买我的头,我就让你取得吧。"说罢就自刎而死。

白虎瓦当 汉代,直径19厘米,出土于汉长安城遗址。

萧 何 传

【题解】

萧何,西汉初大臣,沛(今江苏沛县)人。刘邦任亭长时,他曾辅佐军政。秦二世元年(前209),辅佐刘邦起兵。刘邦攻取咸阳后,他独具战略眼光,不取金帛,独收取秦相府律令图书,掌握了全国的山川险要、郡县户口。楚汉战争中,举荐韩信为大将,对创立汉业起到了关键性作用。汉朝建立后,以第一功被封为酂侯,定律令制度,执行"与民休息"的政策,对发展生产、巩固中央集权起了重要作用。死后谥号文终侯。

【原文】

萧何,沛人也。以文毋害为沛主吏掾。高祖为布衣时,数以吏事护高祖。高祖为亭长,常佑之。高祖以吏繇咸阳,吏皆送奉钱三,何独以五。秦御史监郡者,与从事辨之。何乃给泗水卒史事,第一。秦御史欲入言征何,何固请,得毋行。

【译文】

萧何,沛县人。因通晓法律、办事公平当了沛县功曹。高祖为平民时,萧何多次以官吏身份保护他。高祖当了亭长,萧何还是经常帮助他。高祖作为官吏服差役去咸阳时,同僚们皆送三百钱,唯萧何送他五百钱。秦御史前来监察郡事,萧何与其随员办理公务有条不紊。于是萧何被授予泗水郡卒史一职,公务考核名列全郡第一。秦御史想入朝建言调萧何进京,萧何再三辞谢,才未被调走。

萧 何

【原文】

及高祖起为沛公,何尝为丞督事。沛公至咸阳,诸将皆争走金、帛、财物之府,分之,何独先入收秦丞相、御史律令图书臧之。沛公具知天下厄塞、户口多少、强弱处、民所疾苦者,以何得秦图书也。

【译文】

到高祖起兵当了沛公后,萧何曾任沛丞督办众事。沛公到达咸阳,诸将都争先恐后奔走府库瓜分金银财物,只有萧何首先入宫收取秦丞相、御史府的律令文书、地理图册、户籍簿等文献档案加以保存。沛公之所以完全掌握天下要塞、户口多少、各地贫富强弱的情况,百姓生活疾苦状况,就是因为萧何收缴秦朝这批文书档案的缘故。

【原文】

初,诸侯相与约,先入关破秦者王其地。沛公既先定秦,项羽后至,欲攻沛公,沛公谢之得解。羽遂屠烧咸阳,与范增谋曰:"巴、蜀道险,秦之迁民皆居蜀。"乃曰:"蜀汉亦关中地也。"故立沛公为汉王,而三分关中地,王秦降将以距汉王。汉王怒,欲谋攻项羽。周勃、灌婴、樊哙皆劝之,何谏之曰:"虽王汉中之恶,不犹愈于死乎?"汉王曰:"何为乃死也?"何曰:"今众弗如,百战百败,不死何为?《周书》曰'天予不取,反受其咎'。语曰'天汉',其称甚美。夫能诎于一人之下,而信于万乘之上者,汤武是也。臣愿大王王汉中,养其民以致贤人,收用巴、蜀,还定三秦,天下可图也。"汉王曰:"善。"乃遂就国,以何为丞相。何进韩信,汉王以为大将军,说汉王令引兵东定三秦。语在《信传》。

【译文】

当初,楚怀王曾与项羽、刘邦等各路诸侯约定,谁首先入关灭秦谁就在关中为王。沛公已经首先平定秦地,项羽后到,打算攻击沛公,沛公好言解释得以脱险。项羽遂烧杀抢掠咸阳城,又与范增计议说:"巴、蜀地区道路艰险,秦朝迁移之民都定居在蜀。"又说:"蜀郡、汉中都属关中管辖,也属于关中的地方。"因此立沛公为汉王,并把关中地区划分为三地,封秦降将章邯、司马欣、董翳三人为王,以便阻挡汉王出关东进。汉王大怒,打算出击项羽。部将周勃、灌婴、樊哙都来相劝,萧何劝阻说:"虽然讨厌在汉中称王,但是这难道不比送死好吗?"汉王说:"送死是从何说起啊?"萧何说:"如今我们的士兵不比人家多,百战百败,不是去送死又是什么?《周书》说:'天给予不接受,反而会遭殃。'俗语说'天上有河汉',这是个吉利的美名。屈居于一人之下,而能在万乘大国之上施展才能的人，就是商汤和周武王。臣希望大王在汉中称王，休养百姓，招揽贤人，收用巴、蜀之财力，回军收复三秦地区，便可夺取天下。"汉王说："高见。"于是便去汉中称王，任命萧何为丞相。萧何推荐韩信，汉王拜为大将军，韩信建议汉王出兵东进，夺取三秦。事见《韩信传》。

【原文】

何以丞相留收巴、蜀，填抚谕告，使给军食。汉二年，汉王与诸侯击楚，何守关中，侍太子，治栎阳，为令约束。立宗庙、社稷、宫室、县邑，辄奏，上可许以从事；即不及奏，辄以便宜施行，上来以闻。计户转漕给军，汉王数失军遁去，何常兴关中卒，辄补缺。上以此剸属任何关中事。

【译文】

萧何以丞相身份接管留守巴、蜀，镇抚谕告全境之百姓，让供给军需粮食。汉二年，汉王联合诸侯进击楚王项羽，萧何镇守关中，侍奉太子，坐镇栎阳，制订法律规章制度。如果立宗庙、社稷，建宫殿屋宇、县城乡镇等，立即上奏，汉王准奏，许其办理。要是来不及奏报，立即临时灵活处理，待汉王回来时汇报。萧何还统计户籍人口，按户征收粮饷，派出车船运送军需。汉王多次损兵折将只身逃走时，萧何经常征发关中兵卒，立即补充兵员。汉王因此又特地委托萧何全权处理关中大事。

【原文】

汉三年，与项羽相距京、索间，上数使使劳苦丞相。鲍生谓何曰："今王暴衣露盖，数劳苦君者，有疑君心。为君计，莫若遣君子孙昆弟能胜兵者悉诣军所，上益信君。"于是何从其计，汉王大说。

【译文】

汉三年，汉王与项羽两军对峙于京县、索亭之间，汉王多次派使者慰劳丞相。鲍生对萧何说："如今大王日晒风吹、风餐露宿，却多次慰劳阁下，这是有疑阁下之心。替阁下出个主意，不如派您的子孙兄弟凡能作战的都赴军中供职，大王就更加信任阁下。"于是萧何依计而行，汉王果然大为高兴。

【原文】

汉五年，已杀项羽，即皇帝位，论功行封，群臣争功，岁余不决。上以何功最盛，先封为酂侯，食邑八千户。功臣皆曰："臣等身被坚执兵，多者百余战，少者数十合，攻城略地，大小各有差。今萧何未有汗马之劳，徒持文墨议论，不战，顾居臣等上，何也？"上曰："诸君知猎乎？"曰："知之。""知猎狗乎？"曰："知之。"上曰："夫猎，追杀兽者狗也，而发纵指示兽处者人也。今诸君徒能走得兽耳，功狗也；至如萧何，发纵指示，功人也。且诸君独以身从我，多者三两人；萧何举宗数十人皆随我，功不可忘也！"群臣后皆莫敢言。

【译文】

汉五年，杀了项羽，汉王即位称帝，评议功劳进行封赏，群臣争功，一年多议而不决。皇上以萧何功劳最高，先行封为酂侯，封赏食邑八千户。功臣们都说："我们身披铠甲手执兵器去冲锋陷阵，多的身经百战，少的经历了几十次，攻占城池夺取土地，功劳大大小小各不相等。如今萧何没有汗马之劳，只是舞文弄墨动动嘴皮，不去作战，反倒功在我等之上，这是为什么？"皇上说："诸位将军知道打猎吗？"

辟邪　西汉葬玉。高5.4厘米，长7厘米。1972年出土于陕西省咸阳市周陵乡新庄村。

回答说："知道。"又问："知道猎狗吗？"回答说"知道。"皇上说："打猎，追杀野兽的是狗，而放开系狗绳、指示兽在何处的是人。今天诸位只能追逐捕得野兽，功劳与猎狗类似；至于萧何，放开系狗绳，指示猎取目标，功劳与猎人一样。再说，诸位都是独身一人跟随我，最多的一家也只有两三人从军；萧何全族数十人都跟随我左右，这个功劳不可忘记！"群臣以后都不敢再说什么。

【原文】

列侯毕已受封，奏位次，皆曰："平阳侯曹参身被七十创，攻城略地，功最多，宜第一。"上已桡功臣多封何，至位次未有以复难之，然心欲何第一。关内侯鄂千秋时为谒者，进曰："群臣议皆误。夫曹参虽有野战略地之功，此特一时之事。夫上与楚相距五岁，失军亡众，跳身遁者数矣，然萧何常从关中遣军补其处。非上所诏令召，而数万众会上乏绝者数矣。夫汉与楚相守荥阳数年，军无见粮，萧何转漕关中，给食不乏。陛下虽数亡山东，萧何常全关中待陛下，此万世功也。今虽无曹参等百数，何缺于汉？汉得之不必待以全。奈何欲以一旦之功加万世之功哉！萧何当第一，曹参次之。"上曰："善。"于是乃令何第一，赐带剑履上殿，入朝不趋。上曰："吾闻进贤受上赏，萧何功虽高，待鄂君乃得明。"于是因鄂千秋故所食关内侯邑二千户，封为安平侯。是日，悉封何父母兄弟十余人，皆食邑。乃益封何二千户，"以偿鉩咸阳时何送我独赢钱二也"。

【译文】

列侯封赏完毕，上报位次，都说："平阳侯曹参身受七十处创伤，攻城夺地，功劳最多，应该排在第一位。"皇上已经说服功臣们多封赏了萧何，至于位次不能再使他们难堪，然而心里还是想列萧何第一。关内侯鄂千秋当时任谒者，上前进言说："群臣说得都不对。曹参虽有野战夺地之功，这只是一时之事。皇上与楚军相持五年，损失全军伤亡士兵，只身逃离险境就有多次，而萧何常常从关中派遣兵员补充缺额、解除困境。这些都不是皇上下令叫他去干的，而关中数万之众开赴前线之际正好是皇上兵尽粮绝的危急时刻，如此情景就发生过多次。汉军与楚军在荥阳对峙数年，军无存粮，萧何水陆运送关中粮饷，军粮供给从不缺乏。陛下虽然多次丢失关中以东大片土地，而萧何总是保全关中成为陛下可靠的后方基地，这是万世不朽的大功劳。今天就是缺少了上百个曹参这样的人，对于汉朝又有何损失呢？汉室得到他们也未必能保全下来。怎么能让一旦之功凌驾于万世之功上面呢！萧何应当第一，曹参第二。"皇上说："高论。"于是便让萧何名列第一，特许带剑穿鞋上殿进见，入朝时不按常礼小步快走。皇上又说："我听说推荐贤人者接受上等赏赐，萧何功劳虽然高，但是经过鄂君申辩才得以清楚。"于是就在鄂千秋原来享受关内侯食邑二千户的基础上，加封为安平侯。这一天，萧何父母兄弟十余人全都受封赏，都有食邑。又加封萧何二千户，"用来报答过去到咸阳服役时只有萧何比别人多送我二百钱的恩情"。

【原文】

陈豨反，上自将，至邯郸。而韩信谋反关中，吕后用何计诛信。语在《信传》。上已闻诛信，使使拜丞相为相国，益封五千户，令卒五百人一都尉为相国卫。诸君皆贺，召平独吊。召平者，故秦东陵侯。秦破，为布衣，贫，种瓜长安城东，瓜美，故世谓"东陵瓜"，从召平始也。平谓何曰："祸自此始矣。上暴露于外，而君守于内，非被矢石之难，而益君封置卫者，以今者淮阴新反于中，有疑君心。夫置卫卫君，非以宠君也。愿君让封勿受，悉以家私财佐军。"何从其计，上说。

【译文】

陈豨谋反，皇上亲驾出征，到达邯郸。韩信又在关中谋反，吕后采纳萧何的计策杀掉了韩信。事见《韩信传》。皇上听到杀死韩信的消息后，便派使者拜丞相为相国，增封食邑五千户，派士兵五百人、都尉一名为相国卫队。诸君都恭喜萧何，只有召平哀吊。召平这个人，原是秦东陵侯，秦亡，成了平民百姓，家贫，在长安城东种瓜，瓜甜美，故被世人誉为"东陵瓜"，这由来于召平的封号。召平对萧何说："祸患从此开始了。皇上日晒露宿在外，而阁下留守朝中，没有受到战场上生死伤残的危险，反而加封阁下并派出卫队，这是由于淮阴侯韩信刚刚在朝中谋反，皇上也疑心阁下了。设卫队护卫您，并非是恩宠阁下。希望阁下谢绝封赏，把全部家财献出资助军费。"萧何听从他的计策，皇上大为高兴。

昆阳乘舆鼎　西汉饪食器。1961年12月出土于陕西省西安市未央区三桥镇高窑村。

【原文】

其秋，黥布反，上自将击之，数使使问相国何为。曰："为上在军，拊循勉百姓，悉所有佐军，如陈豨时。"客又说何曰："君灭族不久矣。夫君位为相国，功第一，不可复加。然君初入关，本得百姓心，十余年矣。皆附君，尚复孳孳得民和。上所谓数问君，畏君倾动关中。今君胡不多买田地，贱贳贷以自污？上心必安。"于是何从其计，上乃大说。

【译文】

　　这年秋天,淮南王黥布反叛,皇上亲率大军征讨,又多次派使者打听萧相国在干什么。回报说:"由于皇上在军中,相国在京安抚劝勉百姓,拿出财产资助军需,和在平定陈豨反叛时一样。"一位客人又来劝说:"阁下离灭族之祸不远了。阁下任职相国,功劳第一,已经到了无以复加的地步。然而阁下当初入关,原已深得百姓之心,十多年了。百姓都已敬佩阁下,您还要孜孜不倦地办事求得他们的和衷爱戴。皇上所以多次询问阁下情况,害怕阁下控制关中动摇汉室。如今阁下何不多买田地,低息借贷,以玷污自己名声?这样皇上必然放心。"于时萧何听从其计,皇上这才大为高兴。

【原文】

　　上罢布军归,民道遮行,上书言相国强贱买民田宅数千人。上至,何谒。上笑曰:"今相国乃利民!"民所上书皆以与何,曰:"君自谢民。"后何为民请曰:"长安地狭,上林中多空地,弃,愿令民得入田,毋收稿为兽食。"上大怒曰:"相国多受贾人财物,为请吾苑!"乃下何廷尉,械系之。数日,王卫尉侍,前问曰:"相国胡大罪,陛下系之暴也?"上曰:"吾闻李斯相秦皇帝,有善归主,有恶自予。今相国多受贾竖金,为请吾苑,以自媚于民。故系治之。"王卫尉曰:"夫职事苟有便于民而请之,真宰相事也。陛下奈何乃疑相国受贾人钱乎!且陛下距楚数岁,陈豨、黥布反时,陛下自将往,当是时相国守关中,关中摇足则关西非陛下有也。相国不以此时为利,乃利贾人之金乎?且秦以不闻其过亡天下,夫李斯之分过,又何足法哉!陛下何疑宰相之浅也!"上不怿。是日,使使持节赦出何。何年老,素恭谨,徒跣入谢。上曰:"相国休矣!相国为民请吾苑不许,我不过为桀、纣主,而相国为贤相。吾故系相国,欲令百姓闻吾过。"

【译文】

　　皇上撤回讨伐黥布的大军回到长安,百姓拦路上书,上书状告相国强行低价购买百姓田宅的达数千人。皇上回朝,萧何拜见。皇上笑着说:"今天相国才是为民谋利呀！"把百姓的上书全部交给萧何，说："你自己向百姓谢罪吧！"后来萧何为民请求说："长安地面狭窄，上林苑中有许多空地，废弃不种，希望让百姓入内开垦种田，不收取禾秆、麦秸，以其作禽兽食料。"皇上大怒说："相国多受商人钱财，替他们求取我的上林苑！"于是把萧何交付廷尉，戴上镣铐关押起来。过了数日，一个姓王的卫尉正侍奉皇上，上前问道："相国犯了什么大罪，陛下要这样严厉戴铐关押他？"皇上说："我听说李斯给秦始皇当丞相，有了好事归主，办坏的事自己承担罪名。今天相国多受那帮奸商贿赂而替他们求取我苑，用以讨好民众。因此戴铐关押他。"王卫尉说："身负公务使命如果有利于百姓而请命，才真正是宰相分内的事。陛下怎么能怀疑相国受贿商人金钱呢！况且陛下过去抗拒楚军数年，陈豨、黥布反叛时，陛下亲自率军出征，那时相国守关中，他在关中一跺脚关西就不归陛下所有了。相国不在那时谋大利，难道现在才贪图商人的几个小钱吗？再说秦始皇是因为听不到自己的过失才失去天下的，李斯这种分担过错的方式是错误的，又有什么值得效法的呢！陛下何至于把宰相看得如此浅薄！"皇上心里不快。这一天，就派使者带上放人凭证从狱中放出萧何。萧何年老，向来恭谨，便赤脚上朝谢罪。皇上说："相国算了吧！相国为百姓请求我苑不准，我不过是桀、纣一样的君主，而相国是位贤相。我故意关押相国，是想让百姓听到我的过失。"

【原文】

高祖崩，何事惠帝。何病，上亲自临视何疾，因问曰："君即百岁后，谁可代君？"对曰："知臣莫如主。"帝曰："曹参何如？"何顿首曰："帝得之矣。何死不恨矣！"

何买田宅必居穷辟处，为家不治垣屋。曰："今后世贤，师吾俭；不贤，毋为势家所夺。"

【译文】

高祖驾崩，萧何事奉惠帝。萧何病重，皇上亲自探视萧何病情，随即问道："你要是百岁后，谁可以接替你？"回答说："知臣莫过于君主。"惠帝说："曹参怎么样？"萧何叩头说："陛下得到了最好人选。我无遗憾了！"

萧何买田宅必在穷苦偏僻之地，建住房时不修院墙。他说："子孙后代如果还有贤能，就要效法我的节俭；没有贤能的话，也不会被权势之家所抢夺。"

【原文】

孝惠二年，何薨，谥曰文终侯。

【译文】

惠帝二年，萧何去世，谥号文终侯。

韩 信 传

【题解】

韩信，西汉将领，中国古代著名军事家。淮阴（今江苏淮阳南）人。早年家贫，常靠人施舍，曾受胯下之辱。前208年，参加项羽反秦武装，不受重用，遂亡楚归汉。因萧何力荐，拜大将军。建议刘邦决策东向，以图天下。先后定魏、击代、赵，降燕，破齐，善以少胜多，战功卓著。前202年封齐王。刘邦称帝后，徙为楚王。被人诬告谋反，贬为淮阴侯。后被吕后设计斩于长乐宫。

韩 信

【原文】

及项梁度淮，信乃杖剑从之，居戏下，无所知名。梁败，又属项羽，为郎中。信数以策干项羽，羽弗用。汉王之入蜀，信亡楚归汉，未得知名，为连敖。坐法当斩，其畴十三人皆已斩，至信，信乃仰视，适见滕公，曰："上不欲就天下乎？而斩壮士！"滕公奇其言，壮其貌，释弗斩。与语，大说之，言于汉王。汉王以为治粟都尉，上未奇之也。

【译文】

当项梁渡过淮水，韩信就带着剑投奔了项梁，居于麾下，没有什么名气。项梁败死后，又归属项羽，为郎中。韩信几次向项羽献策，项羽都不予采用。汉王入蜀时，韩信离楚归汉，仍不得扬名，只做了个管理粮仓的小吏。他后来犯法当处斩刑，与他一伙作案的十三个人都已斩首，轮到韩信，韩信就抬头仰视，正好看见了滕公，韩信说："汉王不想要天下了？而竟斩杀壮士！"滕公听到他的话很惊奇，又见他相貌不凡，就释放了他。与他交谈了一番，非常欣赏他，并进言于汉王。汉王任命他为治粟都尉，但不认为他有什么特别的才能。

【原文】

数与萧何语，何奇之。至南郑，诸将道亡者数十人。信度何等已数言上，不我用，即亡。何闻信亡，不及以闻，自追之。

【译文】

韩信几次与萧何交谈，萧何认为他有非凡的才能。到了南郑，将领中有几十个人逃亡。韩信思量萧何等人已经在刘邦面前几次推荐过自己，既然不用，也就逃走了。萧何听说韩信逃走，来不及向刘邦报告，就亲自去追韩信。

【原文】

信已拜，上坐。王曰："丞相数言将军，将军何以教寡人计策？"信谢，因问王曰："今东乡争权天下，岂非项王邪？"上曰："然。"信曰："大王自料勇悍仁强孰与项王？"汉王默然良久曰："弗如也。"信再拜贺曰："唯信亦以为大王弗如也。然臣尝事项王，请言项王为人也。项王意乌猝嗟，千人皆废，然不能任属贤将，此特匹夫之勇也。项王见人恭谨，言语呴呴，人有病疾，涕泣分食饮，至使人有功，当封爵，刻印刓，忍不能予，此所谓妇人之仁也。项王虽霸天下而臣诸侯，不居关中而都彭城；又背义帝约，而以亲爱王，诸侯不平。诸侯之见项王逐义帝江南，亦皆归逐其主，自善王地。项王所过亡不残灭，多怨百姓，百姓不附，特劫于威，强服耳。名虽为霸，实失天下心，故曰其强易弱。今大王诚能反其道，任天下武勇，何不诛！以天下城邑封功臣，何不服！以义兵从思东归之士，何不散！且三秦王为秦将，将秦子弟数岁，而所杀亡不可胜计，又欺其众降诸侯。至新安，项王诈坑秦降卒二十余万人，唯独邯、欣、翳脱。秦父兄怨此三人，痛于骨髓。今楚强以威王此三人，秦民莫爱也。大王之入武关，秋毫亡所害，除秦苛法，与民约，法三章耳，秦民亡不欲得大王王秦者。于诸侯之约，大王当王关中，关中民户知之。王失职之蜀，民亡不恨者。今王举而东，三秦可传檄而定也。"于是汉王大喜，自以为得信晚。遂听信计，部署诸将所击。

【译文】

　　韩信拜将以后，坐了下来。汉王说："丞相在我面前几次提到将军，将军有什么计策来教我呢？"韩信推谢了一会儿，就问汉王说："现在东进争权天下，主要敌手难道不是项王吗？"汉王说："是这样。"韩信说："大王自己估量在勇敢、凶悍、仁爱、强大方面与项王相比如何？"汉王沉默了好久才说："不如项王。"韩信再次拜谢，表示庆贺说："我韩信也以为大王不如项王。而臣下也曾事奉过项王，请让我谈谈项王的为人。项王厉声怒喝时，千百人都失气，但他就不能任用有才能的将领，这只是匹夫之勇。项王见人恭敬谨慎，讲起话来细声细气，人患了疾病，他就会流下泪来，把自己的饮食分给病人吃，但到了别人有功应当封爵时，他就把手中的官印磨得没有了棱角，仍舍不得给人，这叫作妇人之仁。项王虽然称霸天下而臣有诸侯，但他不据守关中却建都于彭城；又违背了义帝的约定，而把自己亲信的人封为王，诸侯纷纷不平。诸侯见项王驱逐义帝于江南，也都回去驱逐他们原来的君主，占据好的地方自立为王。项王所经过的地方，无不遭受破坏，积怨于百姓，百姓也就不愿归附，只不过迫于淫威，勉强服从罢了。名义上虽称为霸王，实际上却失去了天下的民心，因此说他的强大容易变为衰弱。现今大王如果能反其道而行之，任用天下勇武之人，何愁敌人不被诛灭！以天下的城邑分封给有功的大臣，何愁大臣不服！率领思乡东归的义军，何愁敌军不被打败！况且三秦的封王都原本是秦朝的将领，率领秦地子弟已有数年，所死亡的士卒不可胜计，又欺骗他们投降了诸侯，到了新安，项王用诈骗的手段坑杀秦地降卒二十多万，唯独章邯、司马欣、董翳三人没有被杀，秦人都怨恨这三个人，恨之入骨。现在项羽以武力强封这三人为王，秦地的百姓是不会拥护的。而大王入武关时，秋毫无犯，废除秦朝的苛酷刑法，与百姓约法三章，秦地百姓没有一个不希望大王在秦地称王。根据当初诸侯的约定，大王应当在关中称王，关中的百姓家喻户晓。可是大王却失掉了应有的职位而称王蜀

陶骑马武士俑·西汉

地,秦国百姓无不怨恨。今天大王举兵东进,三秦地区只要发一道檄文就可平定。"当时汉王听了非常高兴,自己也以为得到韩信晚了。就听从了韩信的计划,部署诸将积极备战。

【原文】

信、耳以兵数万,欲东下井陉击赵。赵王、成安君陈馀闻汉且袭之。聚兵井陉口,号称二十万。广武君李左车说成安君曰:"闻汉将韩信涉西河,虏魏王,禽夏说,新喋血阏与。今乃辅以张耳,议欲以下赵,此乘胜而去国远斗,其锋不可当。臣闻'千里馈粮,士有饥色;樵苏后爨,师不宿饱'。今井陉之道,车不得方轨,骑不得成列,行数百里,其势粮食必在后。愿足下假臣奇兵三万人,从间路绝其辎重;足下深沟高垒勿与战。彼前不得斗,退不得还,吾奇兵绝其后,野无所掠卤,不至十日,两将之头可致戏下。愿君留意臣之计,必不为二子所禽矣。"成安君,儒者,常称义兵不用诈谋奇计,谓曰:"吾闻兵法'什则围之,倍则战'。今韩信兵号数万,其实不能,千里袭我,亦以罢矣。今如此避弗击,后有大者,何以距之?诸侯谓吾怯,而轻来伐我。"不听广武君策。

【译文】

韩信、张耳率兵数万,准备东下井陉击赵。赵王与成安君陈馀听说汉军来袭,就聚兵井陉口,号称二十万。广武君李左车游说成安君说:"听说汉将韩信渡西河,俘魏王,擒夏说,血洗阏与,现在又得到张耳的辅助,企图攻下赵国,这是乘胜出国远征,其势锐不可当。我听说:'千里运粮,士卒就有挨饿的危险;到吃饭时才去打柴做饭,军队就不会餐餐吃饱。'现在井陉的道路,车不得并行,骑兵不能成队列,行军数百里,其粮食势必落在后面。希望您借给臣下三万兵士,从小道切断汉军粮食武器供应,您在这里挖深沟、筑高垒,不与汉军作战,使汉军前不得战,退不得回,我再率军断绝汉军后路,使他们在野外抢不到任何吃的东西,不出十天,韩信和张耳二将的脑袋就能献到您的麾下。希望您能重视臣下的计谋,一定不会被这两个小子擒获。"成安君是个信奉儒学的人,经常声称正义之师不用奇计诈谋,因而说:"我听兵法说,'十倍于敌人的兵力就包围它,一倍于敌人的兵力就与它交战'。现在韩信的兵力号称数万,其实不可能有那么多,千里迢迢来奔袭我们,也就筋疲力尽了。像现在的兵力我们也要避而不击,以后如有更强大的敌人,我们将有什么办法去对付他们呢?诸侯们会说我们胆怯,今后都会轻易地来攻打我们。"于是就不听广武君的计策。

【原文】

信使间人窥知其不用,还报,则大喜,乃敢引兵遂下。未至井陉口三十里,止舍。夜半传发,选轻骑二千人,人持一赤帜,从间道萆山而望赵军,戒曰:"赵见我走,必空壁逐我,若疾入,拔赵帜,立汉帜。"令其裨将传餐,曰:"今日破赵会食。"诸将皆呒然,阳应曰:"诺。"信谓军吏曰:"赵已先据便地壁,且彼未见大将旗鼓,未肯击前行,恐吾阻险而还。"乃使万人先行,出,背水陈。赵兵望见大笑。平旦,信建大将旗鼓,鼓行出井陉口,赵开壁击之,大战良久。于是信、张耳弃鼓旗,走水上军,复疾战。赵空壁争汉鼓旗,逐信、耳。信、耳已入水上军,军皆殊死战,不可败。信所出奇兵二千骑者,候赵空壁逐利,即驰入赵壁,皆拔赵旗帜,立汉赤帜二千。赵军已不能得信、耳等,欲还归壁,壁皆汉赤帜,大惊,以汉为皆已破赵王将矣,遂乱,遁走。赵将虽斩之,弗能禁。于是汉兵夹击,破虏赵军,斩成安君泜水上,禽赵王歇。

【译文】

韩信暗中派间谍打听到广武君的计策未被采纳,间谍回报后,韩信非常高兴,于是才敢率兵进攻井陉狭道。在距离井陉口三十里的地方,就停了下来。到半夜时传发军令,挑选二千轻骑兵,每人手中拿一面红旗,从小道前去隐蔽在山里,窥视赵军,并告诫他们说:"赵军见到我军逃跑,必会倾巢出动来追赶我们,你们就快速冲进赵营,拔掉赵军旗帜,竖立汉军红旗。"同时又叫裨将下令准备伙食,说:"今日打败赵军后会餐。"各位将领听了都不知所以,就假装答应说:"遵命。"韩信又对军官们说:"赵军已先占据有利地势,在他们没有见到汉军大将旗鼓之前,是不肯轻易出击我们的先头部队的,怕我们遇到了阻险而退兵。"于是韩信派了一万人作为先头部队,出了井陉口,就背靠着河水摆开了阵势。赵军看到以后,都大笑不止。天刚亮的时候,韩信竖起了大将的旗帜,击鼓而行出了井陉口,赵军开营迎击汉军,激战了很久。于是韩信、张耳就假装丢弃了旗鼓,向河边的汉军方向败走,到了河边阵地,又回头再战。赵军果然倾巢而出,都来争夺汉军的旗鼓,追击韩信、张耳。韩信、张耳回到河边的汉军阵地,全军都拼死作战,赵军无法打败。这时韩信所派出的二千骑兵,等到赵军倾巢出动争夺汉军战利品时,就立即冲入赵军营地,拔掉了赵军的全部旗帜,竖起了二千面汉军的红旗。赵军见到不能俘获韩信、张耳等将领,就想收兵回营,但赵营中都已竖起了汉军红旗,大惊失色,以为汉军已经全部俘获赵军将领,于是队伍大乱,四散奔逃。赵军将领虽然斩杀了很多逃兵,但仍阻禁不止。于是汉军两面夹击,大破赵军,在泜水上斩杀了成安君,擒获了赵王歇。

错金银弩机　西汉兵器。机身高11.8厘米,宽2.7厘米。1976年出土于陕西省西安市范家寨。

【原文】

齐王、龙且并军与信战,未合。或说龙且曰:"汉兵远斗,穷寇久战,锋不可当也。齐、楚自居其地战,兵易败散。不如深壁,令齐王使其信臣招所亡城,城闻王在,楚来救,必反汉。汉二千里客居齐,齐城皆反之,其势无所得食,可毋战而降也。"龙且曰:"吾平生知韩信为人,易与耳。寄食于漂母,无资身之策;受辱于跨下,无兼人之勇,不足畏也。且救齐而降之,吾何功?今战而胜之,齐半可得,何为而止!"遂战,与信夹潍水阵。信乃夜令人为万余囊,盛沙以壅水上流,引兵半度,击龙且。阳不胜,还走。龙且果喜曰:"固知信怯。"遂追渡水。信使人决壅囊,水大至。龙且军太半不得渡,即急击,杀龙且。龙且水东军散走,齐王广亡去。信追北至城阳,虏文。楚卒皆降,遂平齐。

【译文】

齐王、龙且两军联合起来与韩信作战,还未交锋。有人就对龙且说:"汉兵远征,拼死作战,其锋锐势不可当。齐、楚两国在自己的国土上作战,士兵容易溃散。不如深沟高垒，叫齐王派亲信大臣去招抚攻失的城邑。城邑中的百姓听到齐王还活着，楚国又派兵来救援，就一定会反叛汉军。汉军从二千里外客居齐地，而齐国城邑的百姓都起来反叛，势必得不到粮食供给，就可使汉军不战而降。"龙且说："我平生深知韩信的为人，容易对付。他曾向漂母求食，没有养活自己的办法；又受人侮辱而从别人的胯下爬了出去，没有一般人所具有的勇气，因而是不足以畏惧的。况且我来救齐，不战而使汉军投降，那我还有什么功劳呢？现在如果我战而胜之，又可以得到齐国的一半土地，为什么还要停止进攻呢？"于是决定交战，与韩信汉军隔着潍水摆开了阵势。韩信就连夜派人做了一万多个袋子，装满了泥沙，堵住了潍水上游的河水，又率领一半的人马渡过潍水袭击龙且。韩信假装作战不胜，往回败走。龙且果然高兴地说："我本来就知道韩信胆怯。"于是领兵渡潍水追击韩信。韩信派人挖开了堵水的沙袋，大水一涌而至。龙且的军队一大半留在岸上无法渡过河水，韩信立即迅速攻击已渡河楚军，斩杀了龙且。在潍水东岸的龙且军队四散溃走，齐王田广也逃跑了。韩信追击齐兵直到城阳，俘获了田广。楚军纷纷投降，终于平定了齐国。

【原文】

楚以亡龙且，项王恐，使盱台人武涉往说信曰："足下何不反汉与楚？楚王与足下有旧故。且汉王不可必，身居项王掌握中数矣，然得脱，背约，复击项王，其不可亲信如此。今足下虽自以为与汉王为金石交，然终为汉王所禽矣。足下所以得须臾至今者，以项王在。项王即亡，次取足下。何不与楚连和，三分天下而王齐？今释此时，自必于汉王以击楚，且为智者固若此邪！"信谢曰："臣得事项王数年，官不过郎中，位不过执戟，言不听，画策不用，故背楚归汉。汉王授我上将军印、数万之众，解衣衣我，推食食我，言听计用，吾得至于此。夫人深亲信我，背之不祥。幸为信谢项王。"武涉已去，蒯通知天下权在于信，深说以三分天下，鼎足而王。语在《通传》。信不忍背汉，又自以功大，汉王不夺我齐，遂不听。

【译文】

楚国失去了龙且,项王有些恐慌,派盱台人武涉前去游说韩信:"将军为何不反汉与楚联合?楚王与将军有旧交。况且汉王不一定可信,他几次身家性命都掌握在项王手中,然而一旦脱险就立即背弃盟约,又攻击项王,不可亲信到如此地步。现在将军自以为与汉王的交情像金石那样坚固,然而最后还是要被他抓起来的。您之所以留得性命到现在,是由于项王还在的缘故。如果项王一死,接下来就会取您的性命。您为何不与楚讲和,三分天下而称王齐地呢?现在您若放弃了这一时机,而一定要帮助汉王一同攻打楚王,作为有才智的人能这样做吗?"韩信谢绝说:"我侍奉项王数年,官不过是个郎中,位不过是个持戟卫士,我讲的话不听,计谋不用,因而我离楚归汉。汉王授我上将军印,率数万之众,脱下他的衣服给我穿,拿他的饭食给我吃,言听计从,我才能得以有此地位。人家对我十分亲近和信任,我背叛他是不会有好结果的。请为我韩信辞谢项王。"武涉走后,蒯通知道决定天下局势的关键在于韩信。就向韩信分析三分天下、鼎足称王的形势。语在《通传》。韩信不忍心背叛汉王,又自以为功劳大,汉王不会来夺取自己的齐国。于是就不听蒯通的计谋。

【原文】

上尝从容与信言诸将能各有差。上问曰:"如我,能将几何?"信曰:"陛下不过能将十万。"上曰:"如公何如?"曰:"如臣,多多益办耳。"上笑曰:"多多益办,何为为我禽?"信曰:"陛下不能将兵,而善将将,此乃信之为陛下禽也。且陛下所谓天授,非人力也。"

【译文】

皇上高兴时与韩信谈论诸将的才能高下。汉王问韩信:"如果是我,能率领多少兵?"韩信说:"陛下最多也不能超过十万。"汉王说:"如果是您,能率兵多少?"韩信说:"如果是我,则多多益善。"汉王笑道:"您既然多多益善,为什么还被我抓住呢?"韩信说:"陛下不能领兵,而善于驾驭将领,这就是我韩信被陛下抓住的缘故。况且陛下的权力是上天授予的,不是人力所能做到的。"

【原文】

汉十年,豨果反,高帝自将而往,信称病不从。阴使人之豨所,而与家臣谋,夜诈赦诸官徒奴,欲发兵袭吕后、太子,部署已定,待豨报。其舍人得罪信,信囚,欲杀之。舍人弟上书变告信欲反状于吕后。吕后欲召,恐其党不就,乃与萧相国谋,诈令人从帝所来,称豨已死,群臣皆贺。相国绐信曰:"虽病,强入贺。"信入,吕后使武士缚信,斩之长乐钟室。信方斩,曰:"吾不用蒯通计,反为女子所诈,岂非天哉!"遂夷信三族。

【译文】

韩信

汉高祖十年,陈豨果然起兵造反,高祖亲自率军前往征讨,韩信称病不去。韩信一方面暗中派人到陈豨处联络,一方面又与家臣谋划,准备在黑夜假传诏书赦免在官府服役的罪犯与奴隶,然后发兵袭击吕后与太子。部署已定,就等待陈豨的消息。韩信的一个门客得罪了韩信,韩信把他囚禁起来,准备杀他。那个门客的弟弟就上书向吕后告发了韩信谋反的情况。吕后打算把韩信召来,又恐怕韩信的党羽不肯就范,于是与相国萧何合谋,假装说有人从皇帝那里回来,说陈豨已被杀死,群臣都进宫朝贺。相国萧何就欺骗韩信说:"虽然您有病,但还是要勉强去朝贺一下。"韩信进入宫中,吕后就命令武士把韩信捆缚起来,在长乐宫中的钟室里把他杀了。韩信临斩时说:"我当初没有采用蒯通的计策,如今反而被妇人小子所欺骗,这岂不是天意吗!"接着,吕后诛灭了韩信的三族。

李 广 传

【题解】

李广(? —前119),西汉将领。陇西成纪(今甘肃秦安西北)人。长臂善射。汉文帝时,以进攻匈奴有功封为骑常侍。景帝、武帝时,任陇西、北地等郡太守。元光元年(前134年)为卫尉。后升任右北平太守。先后与匈奴进行过七十余次激战,以勇敢善战著称,匈奴亦称他为"飞将军",使匈奴数年不敢犯界。元狩四年(前119),随大将军卫青攻杀匈奴,因迷失道路被指责,后来自杀。

【原文】

　　　　李广，陇西成纪人也。其先曰李信，秦时为将，逐得燕太子丹者也。广世世受射。孝文十四年，匈奴大入萧关，而广以良家子从军击胡，用善射，杀首虏多，为郎，骑常侍。数从射猎，格杀猛兽，文帝曰："惜广不逢时，令当高祖世，万户侯岂足道哉！"

【译文】

　　李广，陇西成纪人。他的先人李信，秦时任将军，追击并获得燕太子丹的首级。李广家世代学习射法。汉文帝十四年（前166），匈奴大举入侵萧关，李广以"良家子弟"的身份从军抗击匈奴，因擅长射箭、杀敌甚多而被任为郎官、骑常侍。多次随从皇帝狩猎，格杀猛兽，文帝说："可惜李广生不逢时，假如在高祖时，做个万户侯又算得了什么！"

李　广

【原文】

　　　　景帝即位，为骑郎将。吴、楚反时，为骁骑都尉，从太尉亚夫战昌邑下，显名。以梁王授广将军印，故还，赏不行。为上谷太守，数与匈奴战。典属国公孙昆邪为上泣曰："李广材气，天下亡双，自负其能，数与虏确，恐亡之。"上乃徙广为上郡太守。

【译文】

　　汉景帝即位时，李广任骑郎将。吴、楚七国叛乱时，李广任骁骑都尉，随从太尉周亚夫在昌邑城下与叛军战斗，名声显扬。因接受了梁王所赐的将军印，回京以后，没有得到朝廷的封赏。后来任上谷太守，多次与匈奴交锋。典属国公孙昆邪流着泪对景帝说："李广的才气，天下无双，他又自恃能力高强，屡次与匈奴较量，这样下去恐怕要失去这位将领。"于是景帝改任李广为上郡太守。

【原文】

　　　　匈奴侵上郡，上使中贵人从广勒习兵击匈奴。中贵人者将数十骑从，见匈奴三人，与战。射伤中贵人，杀其骑且尽。中贵人走广,广曰:"是必射雕者也。"广乃从百骑往驰三人。三人亡马步行,行数十里。广令其骑张左右翼,而广身自射彼三人者,杀其二人,生得一人,果匈奴射雕者也。已缚之上山,望匈奴数千骑,见广,以为诱骑,惊,上山陈。广之百骑皆大恐,欲驰还走。广曰:"我去大军数十里,今如此走,匈奴追射,我立尽。今我留,匈奴必以我为大军之诱,不我击。"广令曰:"前!"未到匈奴陈二里所,止,令曰:"皆下马解鞍!"骑曰:"虏多如是,解鞍,即急,奈何?"广曰:"彼虏以我为走,今解鞍以示不去,用坚其意。"有白马将出护兵。广上马,与十余骑奔射杀白马将,而复还至其百骑中,解鞍,纵马卧。时会暮,胡兵终怪之,弗敢击。夜半,胡兵以为汉有伏军于傍欲夜取之,即引去。平旦,广乃归其大军。后徙为陇西、北地、雁门、云中太守。

【译文】

匈奴入侵上郡,皇帝派中贵人随从李广训练军队,抗击匈奴。一次,中贵人带领几十名骑兵游猎,看见三个匈奴人,就去攻打。匈奴人射伤了中贵人,并几乎全歼他的骑兵。中贵人跑去找李广,李广说:"这一定是匈奴的射雕手。"就带领一百多名骑兵追赶那三个匈奴人。那三个人没有骑马,徒步行走,走了几十里,李广命令他的骑兵分两路包抄,李广亲自向那三人射箭,杀死其中的两人,活捉一人,经过查问,果然是匈奴的射雕手。已经把这个匈奴人绑起来押到山上,却看见远处有几千名匈奴骑兵。匈奴骑兵也发现了李广等人,以为是汉朝的诱敌骑兵,很惊恐,就到山上摆好阵势。李广的一百多名骑兵看到这种情况,也都非常害怕,想策马逃还,李广说:"我们离大军几十里远,现在如果这样逃走,匈奴人追来用箭射击,我们就会马上死光。现在如果我们不走,匈奴人一定以为我们是为大军引诱他们的,就不敢进攻我们。"接着,李广下令:"前进!"到距匈奴阵地约二里远的地方停下来,李广又下令:"全体下马,解下马鞍!"这些骑兵说:"匈奴人这么多,我们解下马鞍,如果情况紧急,怎么办?"李广说:"那些匈奴人以为我们会逃跑,现在解下马鞍来表明我们不走,他们就会更加相信我们是诱兵。"匈奴阵中有一个骑白马的将领出来监护军队。李广上马,与十多名骑兵奔跑着射死了那个将领,又回到自己这百余人的队伍中，解下马鞍，把马放开，各自随便躺下。已经到了傍晚，匈奴兵始终感到奇怪，不敢进攻。到了半夜，匈奴兵以为附近有汉朝的伏兵，要趁夜色来袭击他们，于是撤走。第二天早晨，李广等人才回到大军本营。李广后来又先后改任陇西、北地、雁门、云中太守。

【原文】

　　武帝即位，左右言广名将也，由是入为未央卫尉，而程不识时亦为长乐卫尉。程不识故与广俱以边太守将屯。及出击胡，而广行无部曲行陈，就善水草顿舍，人人自便，不击刁斗自卫，莫府省文书，然亦远斥候，未尝遇害。程不识正部曲行伍营陈，击刁斗，吏治军簿至明，军不得自便。不识曰："李将军极简易，然虏卒犯之，无以禁；而其士亦佚乐，为之死。我军虽烦扰，虏亦不得犯我。"是时，汉边郡李广、程不识为名将，然匈奴畏广，士卒多乐从，而苦程不识。不识孝景时以数直谏为太中大夫，为人廉，谨于文法。

【译文】

　　汉武帝即位，左右大臣都说李广是名将，于是就把李广从边郡调回，任未央宫卫尉，而这时程不识也是长乐宫卫尉。程不识以前与李广都是边郡太守兼领驻防。出击匈奴时，李广行军没有严格的部队编制和行列阵势，遇到水草丰美的地方就驻扎下来，各人起居自便，夜间也不击刁斗巡逻，幕府中公文表册一律从简，然而也派人到远处侦察敌情，因此未曾遇到危险。程不识严格军队的编制和行列阵势，晚上要击刁斗巡逻，军吏办理公文表册非常严明，士兵起居严格遵守规定。程不识说："李广军中规章命令十分简易，然而敌人如果突然进攻，就无法抵挡；但他的士兵轻松愉快，都乐于为他拼命。我的军队虽然规章命令繁多，敌人却也不能侵犯我。"那时，李广、程不识是汉朝边郡的名将，但是匈奴更怕李广，士兵也大都乐于随从李广，而苦于随从程不识。汉景帝时程不识因屡次直言劝谏而当上了太中大夫，为人廉洁，谨守朝廷的法令、规章。

【原文】

　　后四岁，广以卫尉为将军，出雁门击匈奴。匈奴兵多，破广军，生得广。单于素闻广贤，令曰："得广必

生致之。"胡骑得广，广时伤，置两马间，络而盛卧。行十余里，广阳死，睨其傍有一儿骑善马，暂腾而上胡儿马，因抱儿鞭马南驰数十里，得其余军。匈奴骑数百追之，广行取儿弓射杀追骑，以故得脱。于是至汉，汉下广吏。吏当广亡失多，为虏所生得，当斩，赎为庶人。

【译文】

又过了四年，李广以卫尉的身份任将军，从雁门出击匈奴。匈奴兵多，打败了李广的军队，活捉了李广。单于平时听说李广很有才能，就下令说："如果捉住李广，一定要送活的来。"匈奴骑兵捉住李广时，李广已受伤，匈奴人就用绳子结了一个网，由两匹马并排拉着，使李广躺在网上。走了十几里路，李广假装死了，斜眼看见旁边有一匈奴少年，骑着一匹好马，李广突然跳到这个匈奴少年的马上，抱住匈奴少年，扬鞭催马，向南疾驰几十里，找到了自己的残部。几百名匈奴骑兵前来追赶，李广一边跑，一边拿着匈奴少年的弓放箭，射死一些追兵，因此得以逃脱。李广回到汉朝，汉朝廷把李广交给执法官吏。执法官吏判定李广损失的军队太多，并且又被匈奴活捉，应当斩首。李广出钱赎罪，免去官职，降为平民。

【原文】

数岁，与故颍阴侯屏居蓝田南山中射猎。尝夜从一骑出，从人田间饮。还至亭，霸陵尉醉，呵止广，广骑曰："故李将军。"尉曰："今将军尚不得夜行，何故也！"宿广亭下。居无何，匈奴入辽西，杀太守，败韩将军。韩将军后徙居右北平，死。于是上乃召拜广为右北平太守。广请霸陵尉与俱，至军而斩之，上书自陈谢罪。

【译文】

以后的几年，李广和前颍阴侯之孙灌强，隐居在蓝田，游猎消遣。一天夜里，李广带着一个骑马的随从出去，在田野中和人喝酒。酒罢归来，走到霸陵亭，霸陵亭尉喝醉了酒，喝令李广停止夜行，李广的随从说："这是从前的李将军。"亭尉说："就是现在的将军也不能夜行，更何况从前的将军！"让李广在亭驿中过夜。不久，匈奴入侵辽西郡，杀死太守，打败了韩安国将军。韩安国后来被调到右北平，忧愤而死。这时，武帝又召回李广，任命他为右北平太守。李广请求派霸陵亭尉和他一起去，到了军中，就把那个亭尉杀了，并向武帝上书，说明情况，承认罪过。

【原文】

广出猎，见草中石，以为虎而射之，中石没矢，视之，石也。他日射之，终不能入矣。广所居郡闻有虎，常自射之。及居右北平射虎，虎腾伤广，广亦射杀之。

石建卒，上召广代为郎中令。元朔六年，广复为将军，从大将军出定襄。诸将多中首虏率为侯者，而广军无功。后三岁，广以郎中令将四千骑出右北平，博望侯张骞将万骑与广俱，异道。行数百里，匈奴左贤王将四万骑围广，广军士皆恐，广乃使其子敢往驰之。敢从数十骑直贯胡骑，出其左右而还，报广曰："胡虏易与耳。"军士乃安。为圜陈外乡，胡急击，矢下如雨。汉兵死者过半，汉矢且尽。广乃令持满毋发，而广身自以大黄射其裨将，杀数人，胡虏益解。会暮，吏士无人色，而广意气自如，益治军。军中服其勇也。明日，复力战，而博望侯军亦至，匈奴乃解去。汉军罢，弗能追。是时广军几没，罢归。汉法，博望侯后期，当死，赎为庶人。广军自当，亡赏。

【译文】

李广出去打猎，看见草丛中有一块石头，误以为是老虎而用箭射它，整个箭头都射进石头里，走近一看，才知道是一块石头。改天又向它射箭，却再也射不进去了。李广在所居的郡中听说有老虎，就经常亲自去射。在他驻守右北平时，有一次射虎，老虎跳起来，扑伤了李广，李广也把那只虎射死了。

石建死后，武帝召回李广，让他接任郎中令。元朔六年（前123），李广又任将军，随从大将军卫青出兵定襄。众将多因杀敌斩首达到规定标准，而被封为侯，李广的军队却没有立功。又过了三年，李广以郎中令的身份率领四千骑兵从右北平出击匈奴，博望侯张骞带骑兵一万人与李广一同出发，异路出击。李广的军队走了几百里，遇到匈奴左贤王四万骑兵的包围，李广的兵士都很害怕，李广就派他的儿子李敢骑快马冲击敌阵。李敢带领几十名骑兵直穿匈奴的骑兵阵地，从敌阵左右两边突围，然后返回，向李广汇报："匈奴人好对付。"兵士们这才安定下来。李广摆成圆形阵势,面朝外。匈奴发动猛烈进攻,箭如雨下,汉兵死伤一半以上,而且箭也快用完了。李广命令士兵把弓拉满,不要放箭,自己用大黄弓射击匈奴副将,连杀了几个人,敌人的包围圈才逐渐松开。这时天色已晚,兵士们个个面无人色,而李广神情气色仍如往常,并加强整饬军队。兵士无不佩服李广的勇敢。第二天,继续拼死奋战,博望侯张骞也率兵赶到,匈奴兵才撤走。汉兵疲乏,无力追击。这时,李广的军队几乎全军覆灭,只好罢兵而归。按汉朝的法律,博望侯贻误军机,应当判处死刑,他出钱赎罪,降为平民。李广军队杀敌很多,自己损失也不小,功过相当,没有得到封赏。

李广射石

【原文】

元狩四年,大将军、票骑将军大击匈奴,广数自请行。上以为老,不许;良久乃许之,以为前将军。

【译文】

元狩四年,大将军卫青和骠骑将军霍去病大举出击匈奴。李广一再请求让自己与他们同行,武帝认为他年纪大了,起初不同意,过了好长时间才批准,任命他为前将军。

【原文】

大将军青出塞,捕虏知单于所居,乃自以精兵走之,而令广并于右将军军,出东道。东道少回远,大军行,水草少,其势不屯行。广辞曰:"臣部为前将军,今大将军乃徙臣出东道,且臣结发而与匈奴战,乃今一得当单于,臣愿居前,先死单于。"大将军阴受上指,以为李广数奇,毋令当单于,恐不得所欲。是时,公孙敖新失侯,为中将军,大将军亦欲使敖与俱当单于,故徙广。广知之,固辞。大将军弗听,令长史封书与广之莫府,曰:"急诣部,如书。"广不谢大将军而起行,意象愠怒而就部,引兵与右将军食其合军出东道。惑失道,后大将军。大将军与单于接战,单于遁走,弗能得而还。南绝幕,乃遇两将军。广已见大将军,还入军。大将军使长吏持糒醪遗广,因问广、食其失道状,曰:"青欲上书报天子失军曲折。"广未对。大将军长史急责广之莫府上簿。广曰:"诸校尉亡罪,乃我自失道。吾今自上簿。"

【译文】

大将军卫青领兵出塞,捕获匈奴兵,得知单于的处所,就亲自带精兵进击,而命令李广与右将军赵食其合兵一处,从东道出击。东道迂回曲折,比较远,水草又少,大部队经过,势必不能集中驻扎。李广推辞说:"我本列为前将军,现在大将军却改派我从东路出击。况且,我从年轻时就与匈奴作战,如今才得到一次直接与单于交战的机会,我愿意担任前锋,与单于决一死战。"大将军卫青暗中接受了皇帝的指示,认为李广运气不好,不能让他同单于对阵,以免达不到预想的胜利目标。这时,公孙敖刚刚失去侯爵,任中将军,大将军想让公孙敖和自己一同与单于交战,所以把李广调开。李广知道这一情况,坚决推辞大将军的调派。大将军不理他,命令长史写好公文,加印封好,与李广同去幕府,说:"赶快去军部,照信中说的办。"李广没向大将军辞行就动身,内心十分恼怒地来到军部,领兵与右将军会合,从东道出发。由于迷了路,而落在大将军后面。大将军与单于一交战,单于就逃走了,大将军没能捉到单于,只好返回。向南渡过沙漠,才遇到前将军与右将军。李广谒见大将军后,就回到了自己军中。大将军派长史送酒食给李广,顺便查问李广、赵食其迷失道路的情况,并说:"卫青要向皇帝上书汇报军队误期的详细情况。"李广没有回答。大将军长史又催促李广到幕府交上呈报情况的文书。李广说:"校尉们没有过失,是我自己迷了路。我现在要把自己的问题写下来呈报上去。"

李广拉弓

【原文】

至莫府,谓其麾下曰:"广结发与匈奴大小七十余战,今幸从大将军出接单于兵,而大将军徙广部行回远,又迷失道,岂非天哉!且广年六十余,终不能复对刀笔之吏矣!"遂引刀自刭。百姓闻之,知与不知,老壮皆为垂泣。而右将军独下吏,当死,赎为庶人。

【译文】

到了幕府,李广对部下说:"我从年轻时开始,与匈奴打了大小七十多仗,这次有幸随从大将军与单于主力交锋,可是大将军又改派我的军队走迂回绕远的路线,又迷失了道路,这难道不是天意吗!况且,我李广已六十多岁了,毕竟不能再与那些文法之吏打交道了!"于是就拔刀自杀。老百姓听到这个消息,不论认识的还是不认识的,不论年老的还是年轻的,都为李广落泪。而右将军赵食其被单独交给执法官,依法应判死刑,他出钱赎为平民。

苏 武 传

【题解】

苏武(?—前60),西汉杜陵(今陕西西安东南)人,字子卿。天汉元年(前100),任中郎将,奉命出使匈奴,其副使张胜参加了匈奴贵族的内部斗争,事发投降。匈奴贵族对他多方威胁诱降,又把他迁到北海(今贝加尔湖)边牧羊。坚持十九年不屈服。始元六年(前81),因匈奴与汉和好,才被遣回朝。官典属国。卒年八十余。

【原文】

武字子卿,少以父任,兄弟并为郎,稍迁至栘中厩监。时汉连伐胡,数通使相窥观,匈奴留汉使郭吉、路充国等,前后十余辈。匈奴使来,汉亦留之以相当。天汉元年,且鞮侯单于初立,恐汉袭之,乃曰:"汉天子我丈人行也。"尽归汉使路充国等。武帝嘉其义,乃遣武以中郎将使持节送匈奴使留在汉者,因厚赂单于,答其善意。武与副中郎将张胜及假吏常惠等募士斥候百余人俱。既至匈奴,置币遗单于。单于益骄,非汉所望也。

【译文】

　　苏武，字子卿，年轻时因为父亲官居郡守而被任职，兄弟三人一起做了郎官，苏武逐渐迁升到栘中厩监的职位。当时汉朝接连不断地讨伐匈奴，双方多次通过派遣使者的方式相互侦探对方的情况，匈奴先后扣留了汉朝的使者郭吉、路充国等十多批人。匈奴派的使者到来，汉朝也将他们扣留住以相抵偿。天汉元年，且鞮侯单于刚刚即位，害怕汉朝袭击他，就说："汉朝的皇帝是我的长辈。"将汉朝的使者路充国等人全部送回汉朝。汉武帝很赞赏他深明大义，就派苏武以中郎将持节使的身份护送扣留在汉朝的匈奴使者回匈奴，并赠送丰厚的礼物给单于，以报答他的好意。苏武与副中郎将张胜以及临时兼任使者属吏的常惠等人招募士兵、侦察人员一百多人一起前往。到了匈奴后，将准备好的财物赠送给单于。但是单于更加骄傲，并不是汉朝所希望的那样。

苏　武

【原文】

　　方欲发使送武等，会缑王与长水虞常等谋反匈奴中。缑王者，昆邪王姊子也，与昆邪王俱降汉，后随浞野侯没胡中。及卫律所将降者，阴相与谋劫单于母阏氏归汉。会武等至匈奴，虞常在汉时素与副张胜相知，私候胜曰："闻汉天子甚怨卫律，常能为汉伏弩射杀之。吾母与弟在汉，幸蒙其赏赐。"张胜许之，以货物与常。后月余，单于出猎，独阏氏子弟在，虞常等七十余人欲发，其一人夜亡，告之。单于子弟发兵与战。缑王等皆死，虞常生得。

【译文】

　　匈奴方面正打算派使者护送苏武等人返回，恰巧遇上缑王与长水人虞常等人在匈奴谋反。缑王是昆邪王姐姐的儿子，与昆邪王一起投降汉朝，后来又跟随浞野侯赵破奴讨伐匈奴，兵败而降。缑王、虞常与随从卫律投降的人暗中策划劫持单于的母亲后，回归汉朝。正巧苏武等人到了匈奴，虞常在汉朝时一向与副使张胜相为知己，私下里拜访张胜说："听说汉朝皇帝很恨卫律，我能为汉朝效力，用暗箭射杀他。我的母亲和弟弟在汉朝，希望能赏赐他们。"张胜同意他的办法,并赠送财物给虞常。一个多月后,单于外出打猎,只有单于的母亲、后妃及其侍从在家。虞常等七十多人想趁机发难,但是其中有一人夜里逃跑,告发了这件事。单于部下发兵与他们交战。缑王等人都战死了,虞常被活捉。

【原文】

单于使卫律治其事。张胜闻之,恐前语发,以状语武。武曰:"事如此,此必及我。见犯乃死,重负国。"欲自杀,胜、惠共止之。虞常果引张胜。单于怒,召诸贵人议,欲杀汉使者。左伊秩訾曰:"即谋单于,何以复加?宜皆降之。"单于使卫律召武受辞,武谓惠等:"屈节辱命,虽生,何面目以归汉!"引佩刀自刺。卫律惊,自抱持武,驰召医。凿地为坎,置煴火,覆武其上,蹈其背以出血。武气绝半日,复息。惠等哭,舆归营。单于壮其节,朝夕遣人候问武,而收系张胜。

【译文】

单于派卫律审理此事。张胜听到这个消息,害怕以前与虞常讲的话被揭发,就将这个情况告诉了苏武。苏武说:"事情已经这样了,这一定会牵涉到我。受到侮辱后才死,就太对不起国家了。"苏武想自杀,张胜和常惠一起劝止了他。虞常果然牵扯到张胜。单于大怒,召集众贵族商议,想杀死汉朝的使者。左伊秩訾说:"假如谋害单于,又怎么加重处罚?应该让他们全部投降。"单于派卫律召来苏武受审,苏武对常惠等人说:"我的气节和国家的使命遭受屈辱,即使活着,还有何面目回到汉朝!"说完拔出佩刀就自杀。卫律大惊,亲自抱着苏武,派人骑上快马召来巫医。巫医在地上凿了一个小坑,坑内放置暗火,让苏武伏卧在上面,轻轻地叩击背部,让淤血流出来。苏武昏死过去,半天才又有了气息。常惠等人痛哭,抬着苏武回到汉使的营帐。单于很钦佩苏武的气节,早晚派人看望问候苏武,而把张胜逮捕了。

【原文】

武益愈,单于使使晓武。会论虞常,欲因此时降武。剑斩虞常已,律曰:"汉使张胜谋杀单于近臣,当死,单于募降者赦罪。"举剑欲击之,胜请降。律谓武

曰："副有罪，当相坐。"武曰："本无谋，又非亲属，何谓相坐？"复举剑拟之，武不动。律曰："苏君，律前负汉归匈奴，幸蒙大恩，赐号称王，拥众数万，马畜弥山，富贵如此。苏君今日降，明日复然。空以身膏草野，谁复知之！"武不应。律曰："君因我降，与君为兄弟，今不听吾计，后虽欲复见我，尚可得乎？"武骂律曰："女为人臣子，不顾恩义，畔主背亲，为降虏于蛮夷，何以女为见？且单于信女，使决人死生，不平心持正，反欲斗两主，观祸败。南越杀汉使者，屠为九郡；宛王杀汉使者，头县北阙；朝鲜杀汉使者，即时诛灭。独匈奴未耳。若知我不降明，欲令两国相攻，匈奴之祸从我始矣。"

【译文】

苏武的伤势渐渐好了，单于就派使臣劝说苏武，正赶上审判虞常，想借这个机会叫苏武投降。用剑杀死虞常之后，卫律说："汉朝使者张胜策谋杀害单于的近臣，应当处死，接受单于招募投降的人可免除罪过。"举起剑想刺击张胜，张胜请求投降。卫律对苏武说："副使有罪，你也应该连坐。"苏武说："我根本没有参与策谋，又与张胜没有亲属关系，怎么谈得上连坐？"卫律又举起剑做出要杀苏武的样子，苏武毫不动摇。卫律说："苏君，我以前背叛汉朝归附匈奴，有幸承蒙单于大恩大德，赐给我封号称为王爷，拥有几万部众，马牛牲畜漫山遍野，得到了这样的荣华富贵。苏君您如果今天投降，明天也就会和我一样。何必白白地葬身荒野，谁又会知道您对汉朝的忠诚呢！"苏武不理睬他。卫律又说："您听从我投降匈奴，我与您就是兄弟；如果您今天不听我的计策，以后即使再想见到我，还可能吗？"苏武怒斥卫律道："您本为汉朝臣民，不顾朝廷的恩义，背叛君主和亲人，成为降虏，沦落匈奴，见你做什么？况且单于信任于你，让你决定人的生死，你不主持公正，反而想挑起两国君主相互争斗，你就坐观祸乱。南越曾杀害汉朝的使者，结果被汉朝分割为九个郡；大宛王杀了汉朝的使者，后来他也被汉朝所诛杀，头颅悬挂在汉宫北阙；朝鲜杀了汉朝的使者，立刻就遭到了诛灭。唯独匈奴还未发生过这样的事。你明知我绝不会投降，却想让两国相互攻击，看来匈奴的灾祸将从我身上开始了。"

【原文】

　　　　律知武终不可胁，白单于。单于愈益欲降之，乃幽武置大窖中，绝不饮食。天雨雪，武卧啮雪与旃毛并咽之，数日不死。匈奴以为神，乃徙武北海上无人处，使牧羝，羝乳乃得归。别其官属常惠等，各置他所。

【译文】

　　卫律知道苏武最终不可能因威胁而投降，就报告了单于。单于越发想招降苏武，就将苏武囚禁在大窖里，断绝供给吃喝。天上降下大雪，苏武躺在地上，就着雪嚼咽毡毛，过了好几天都没死。匈奴人认为他是神人，就将苏武流放到北海边没有人烟的地方，让他放牧公羊，等到公羊生仔后才允许回去。匈奴把他和他的官员属吏常惠等人分开，囚禁在不同的地方。

【原文】

　　　　武既至海上，廪食不至，掘野鼠去草实而食之。杖汉节牧羊，卧起操持，节旄尽落。积五六年，单于弟於靬王弋射海上。武能网纺缴，檠弓弩，於靬王爱之，给其衣食。三岁余，王病，赐武马畜、服匿、穹庐。王死后，人众徙去。其冬，丁令盗武牛羊，武复穷厄。

【译文】

　　苏武到了北海边，匈奴没有供给他粮食，他就挖掘野鼠储藏的野草果实来充饥。他每天挂着汉朝的旌节牧羊，时时刻刻握在手中，以至节上旄尾都脱落完了。这样过了五六年，单于的弟弟於靬王到北海边射猎。因为苏武会织网，纺制射猎的工具，还善于矫正修理弓弩，所以於靬王很喜欢他，供给他衣服和粮食。过了三年多，於靬王患了重病，赐送给苏武一些马羊牧畜、容器和帐篷等。於靬王去世后，他的部下也迁移离开了北海。这年冬天，丁令人偷走了苏武的牛羊，苏武又陷入了穷困的厄难之中。

苏武牧羊

【原文】

　　初，武与李陵俱为侍中，武使匈奴明年，陵降，不敢求武。久之，单于使陵至海上，为武置酒设乐，因谓武曰："单于闻陵与子卿素厚，故使陵来说足下，虚心欲相待。终不得归汉，空自苦亡人之地，信义安所见乎？前长君为奉车，从至雍棫阳宫，扶辇下除，触柱折辕，劾大不敬，伏剑自刎，赐钱二百万以葬。孺卿从祠河东后土，宦骑与黄门驸马争船，推堕驸马河中溺死，宦骑亡，诏使孺卿逐捕不得，惶恐饮药而死。来时，大夫人已不幸，陵送葬至阳陵。子卿妇年少，闻已更嫁矣。独有女弟二人，两女一男，今复十余年，存亡不可知。人生如朝露，何久自苦如此！陵始降时，忽忽如狂，自痛负汉，加以老母系保宫，子卿不欲降，何以过陵？且陛下春秋高，法令亡常，大臣亡罪夷灭者数十家，安危不可知，子卿尚复谁为乎？愿听陵计，勿复有云。"武曰："武父子亡功德，皆为陛下所成就，位列将，爵通侯，兄弟亲近，常愿肝脑涂地。今得杀身自效，虽蒙斧钺汤镬，诚甘乐之。臣事君，犹子事父也，子为父死亡所恨。愿勿复再言。"陵与武饮数日，复曰："子卿壹听陵言。"武曰："自分已死久矣！王必欲降武，请毕今日之欢，效死于前！"陵见其至诚，喟然叹曰："嗟乎，义士！陵与卫律之罪上通于天。"因泣下沾衿，与武决去。

【译文】

　　以前，苏武与李陵同为侍中，苏武出使匈奴的第二年，李陵投降了匈奴，不敢去见苏武。过了很久，单于派李陵到北海边，为苏武设置酒席乐舞，李陵对苏武说："单于听说我与您向来交情深厚，所以让我来劝说足下，单于想诚心待您。您最终不能回到汉朝，白白地在这荒无人烟的地方自找苦吃，您的忠诚大义谁能看得见呢？先前，您的大哥为奉车都尉，跟随皇帝到雍城的棫阳宫，扶着车辇下殿阶时，不小心撞在柱子上折断了车辕，被指控犯了对皇帝大不敬之罪，他用剑自杀了。朝廷赏赐了二百万钱用来安葬他。您的弟弟跟随皇帝到河东郡祭祀后土，骑马的宦官和黄门的驸马争夺船只，宦官将驸马推下河里淹死了，宦官逃跑了，皇帝下令让您弟弟去追捕，没有抓到，他很不安、恐惧，喝毒药自杀了。我来的时候，您母亲已经去世了，是我送到阳陵安葬的。您的妻子还年轻，听说已经改嫁了。您的两个妹妹、两个女儿、一个儿子，如今又过了十多年，也不知是死是活。人生就像朝霞一样短暂，何必这样长期自找苦吃！我刚投降匈奴的时候，整日恍恍惚惚像疯了一样，因背叛汉朝而自责、痛苦，又加上老母亲被囚禁在保宫，您不愿投降的心情，哪里超得过我啊？况且陛下年老，法令反复无常，大臣无罪而遭到夷灭的有几十家，安危难以预料，您还为谁吃苦守节？希望您听从我的计策，不要再说什么了。"苏武说："我父子两代没有什么功德，都靠皇帝的栽培提拔，才位列将军，爵至通侯，兄弟三人都成为皇帝身边的近臣，我们常常希望有机会报答皇帝，情愿肝脑涂地。现在能得到杀身报效的机会，即使是蒙受斧钺之诛、汤镬之刑，也心甘情愿。臣子事奉君主，犹如儿子侍奉父亲一样，儿子为了父亲去死，没有什么可遗憾的。希望您不要再说了。"李陵与苏武喝了几天酒，又说："子卿，您一定要听我的劝说。"苏武说："我自认为已经死了很久了！您一定要让我投降，请结束今天的欢聚，让我报效祖国，死在您的面前吧！"李陵见苏武如此忠诚，感慨地叹息道："唉，真是义士啊！我李陵和卫律是罪恶滔天哪。"于是泪如雨下，湿了衣襟，与苏武告别离去了。

【原文】

陵恶自赐武，使其妻赐武牛羊数十头。后陵复至北海上，语武："区脱捕得云中生口，言太守以下吏民皆白服，曰上崩。"武闻之，南乡号哭，欧血，旦夕临。

【译文】

李陵羞于赠送物品给苏武，叫妻子给苏武送去几十头牛羊。后来李陵又到北海边，告诉苏武说："边界哨所捕获到的云中郡俘虏，说是太守以下的官员和平民都穿着白色的丧服，据说是皇上驾崩了。"苏武听到这个消息，面向南方放声痛哭，以至呕出鲜血，每天早晚都哭吊武帝。

【原文】

数月，昭帝即位。数年，匈奴与汉和亲。汉求武等，匈奴诡言武死。后汉使复至匈奴，常惠请其守者与俱，得夜见汉使，具自陈道。教使者谓单于，言天子射上林

中，得雁，足有系帛书，言武等在荒泽中。使者大喜，如惠语以让单于。单于视左右而惊，谢汉使曰："武等实在。"于是李陵置酒贺武曰："今足下还归，扬名于匈奴，功显于汉室，虽古竹帛所载，丹青所画，何以过子卿！陵虽驽怯，令汉且贳陵罪，全其老母，使得奋大辱之积志，庶几乎曹柯之盟，此陵宿昔之所不忘也。收族陵家，为世大戮，陵尚复何顾乎？已矣！令子卿知吾心耳。异域之人，壹别长绝！"陵起舞，歌曰："径万里兮度沙幕，为君将兮奋匈奴。路穷绝兮矢刃摧，士众灭兮名已隤。老母已死，虽欲报恩将安归！"陵泣下数行，因与武决。单于召会武官属，前以降及物故，凡随武还者九人。

【译文】

过了几个月，昭帝继位。又过了几年，匈奴与汉朝和好结亲。汉朝要求匈奴放回苏武等人，匈奴谎说苏武已经死了。后来汉朝使者又到了匈奴，常惠听说后，请求看守一起夜里去见汉使，这样才有机会把全部情况向汉使陈述。常惠教汉使对单于说，说是皇上在上林苑射猎，射下一只大雁，雁的脚上系着帛书，上面写着苏武等人仍然活在某荒泽中。汉使听到这个主意很高兴，就按照常惠教的话责问单于。单于看着左右的人，感到很吃惊，向汉使道歉说："苏武他们确实还活着。"当时李陵备办酒宴向苏武贺喜，说："如今您返回汉朝，威名扬于匈奴，功勋显赫于汉室，即使是古代史书中记载的、图画上画的英雄豪杰，又有谁能超过子卿呢？我李陵虽然才能低下、生性懦弱，假使当年汉朝廷姑且宽恕我的罪行，保全我的老母亲，让我能把忍受耻辱、积郁在心里的报国之志施展出来，也许我能像曹沫在柯邑结盟时一样，为国家做出贡献，这正是我往日不忘怀的想法啊。但是汉朝收捕、族灭了我全家，活在世上蒙受奇耻大辱，我李陵还有什么留恋的呢？一切都完了！我向您诉说，只是让您了解我的内心罢了。从此，你我成为两个国家的人，今日一别就是永别了！"李陵说完起身舞剑，歌唱道："跋涉万里啊渡过沙漠，为君王领兵啊奋战匈奴。被困狭谷啊刀折

苏李泣别

剑摧，众将士捐躯啊我失名节。老母已惨死，虽想报国啊哪里是归宿！"李陵唱罢泪流满面，就此与苏武诀别。单于召集苏武及随从官员，除去先前已经投降的和死去的以外，随苏武回国的一共有九个人。

【原文】

武以始元六年春至京师。诏武奉一太牢谒武帝园庙，拜为典属国，秩中二千石，赐钱二百万，公田二顷，宅一区。常惠、徐圣、赵终根皆拜为中郎，赐帛各二百匹。其余六人老归家，赐钱人十万，复终身。常惠后至右将军，封列侯，自有传。武留匈奴凡十九岁，始以强壮出，及还，须发尽白。

【译文】

苏武在始元六年春天回到京师。昭帝命令由苏武供奉一份太牢祭品谒拜武帝陵庙，并任命苏武做了典属国，俸禄中二千石，赏赐钱二百万、公田二顷、住宅一所。常惠、徐圣、赵终根都被任命为中郎，各赐帛二百匹。其余六个人因为年老，让他们返回故乡，各赐钱十万，终生免除徭役。常惠后来官至右将军，封了列侯的爵位，另外有他的传记。苏武被扣留在匈奴共十九年，出使匈奴时正是壮年，到返回汉朝的时候，胡须和头发已经都全白了。

【原文】

武来归明年，上官桀、子安与桑弘羊及燕王、盖主谋反。武子男元与安有谋，坐死。

【译文】

苏武回国后的第二年，上官桀及他的儿子上官安与桑弘羊、燕王旦、盖主策划造反。苏武的儿子苏元与上官安同谋，被牵连处死。

【原文】

初，桀、安与大将军霍光争权，数疏光过失予燕王，令上书告之。又言苏武使匈奴二十年不降，还乃为典属国，大将军长史无功劳，为搜粟都尉，光颛权自恣。及燕王等反诛，穷治党与，武素与桀、弘羊有旧，数为燕王所讼，子又在谋中，廷尉奏请逮捕武。霍光寝其奏，免武官。

【译文】

当初上官桀父子与大将军霍光争权，上官桀屡次把霍光的过失逐条记录下来交给燕王，让燕王上书告发霍光。又说苏武在匈奴被扣留二十年不投降，回国后仅仅封了个典属国的官职，而霍光府中的长史杨敞没有什么功劳，却做了搜粟都尉，霍光太专权为所欲为了。到了燕王等人谋反被杀以后，朝廷追究所有与谋反有牵连的人，因为苏武一向与上官桀、桑弘羊有老交情，燕王曾多次为苏武功高赏薄向皇帝申诉，儿子苏元又参加过谋反，廷尉上奏昭帝请求逮捕苏武。霍光扣下了廷尉的奏章，只免了苏武的官。

【原文】

数年，昭帝崩，武以故二千石，与计谋立宣帝，赐爵关内侯，食邑三百户。久之，卫将军张安世荐武明习故事，奉使不辱命，先帝以为遗言。宣帝即时召武待诏宦者署，数进见，复为右曹典属国。以武著节老臣，令朝朔望，号称祭酒，甚优宠之。

【译文】

过了几年，昭帝去世了，苏武因为是昭帝时的老臣，参与了谋划立宣帝的事，赐爵号关内侯，拥有三百户的食邑。过了很久，卫将军张安世向皇帝推荐，说苏武很熟悉过去的典章制度，出使匈奴不玷辱皇帝的使令，先帝以此特为遗言。宣帝听了张安世的话，立即命令苏武在宦者署等候宣召，苏武多次被皇帝召见，又加了右曹典属国的官衔。因为苏武是有名望的持节老臣，皇帝命令他每逢初一、十五上朝，专管朔望谒见之礼，称作祭酒，对他很优待尊宠。

【原文】

武所得赏赐，尽以施予昆弟故人，家不余财。皇后父平恩侯、帝舅平昌侯、乐昌侯、车骑将军韩增、丞相魏相、御史大夫丙吉皆敬重武。武年老，子前坐事死，上闵之，问左右："武在匈奴久，岂有子乎？"武因平恩侯自白："前发匈奴时，胡妇适产一子通国，有声问来，愿因使者致金帛赎之。"上许焉。后通国随使者至，上以为郎。又以武弟子为右曹。武年八十余，神爵二年病卒。

【译文】

苏武得到的赏赐财物，全部送给兄弟及故交，家里没有多余的钱财。皇后的父亲平恩侯、皇帝的舅舅平昌侯、乐昌侯、车骑将军韩增、丞相魏相、御史大夫丙吉都很敬重苏武的为人。苏武年纪老了，儿子因为以前参加谋反被处死，皇帝很怜悯他，问左右大臣："苏武在匈奴那么久，可有儿子吗？"苏武通过平恩侯向皇帝陈述说："当初从匈奴回国时，匈奴妻子刚刚生了一个儿子名叫通国，有音信来，希望通过使者送金帛赎回他。"皇帝允许了苏武的请求。后来通国随使者回到汉朝，皇上封他做了郎官。又封苏武弟弟的儿子为右曹。苏武活到八十多岁，在神爵二年病逝。

霍去病传

【题解】

霍去病（？—前117），西汉将领。河东平阳（今山西临汾西南）人。武帝卫皇后姊卫少儿之子，初为侍中，以票姚校尉从大将军卫青击匈奴有功，其后多次率众出塞，斩获甚众，封冠军侯。前119年，与卫青分兵远征漠北，后又深入沙漠，击败匈奴主力。因战功卓著，加封大司马。武帝为之治宅第，辞以"匈奴未灭，无以家为"。

【原文】

去病以皇后姊子，年十八为侍中。善骑射，再从大将军。大将军受诏，予壮士，为票姚校尉，与轻勇骑八百直弃大军数百里赴利，斩捕首虏过当。

【译文】

霍去病因是皇后姐姐的儿子，十八岁便为侍中。因他善于骑马射箭，两次跟随大将军卫青出征匈奴。大将军根据皇帝的命令，拨给他一批精壮士卒，让他担任票姚校尉。他带领八百名轻骑勇士远离卫青所率的大军几百里，去夺取战功，捕杀敌人极多。

霍去病

【原文】

去病侯三岁，元狩年春为票骑将军，将万骑出陇西，有功。上曰："票骑将军率戎士逾乌盭，讨遬濮，涉狐奴，历五王国，辎重人众摄詟者弗取，几获单于子。转战六日，过焉支山千有余里，合短兵，鏖皋兰下，杀折兰王，斩卢侯王，锐悍者诛，全甲获丑，执浑邪王子及相国、都尉，捷首虏八千九百六十级，收休屠祭天金人，师率减什七，益封去病二千二百户。"

【译文】

霍去病封侯后的第三年，即元狩二年的春天，被任命为骠骑将军，率领一万名骑兵从陇西出发进击匈奴，立有战功。武帝下令说："骠骑将军率领士卒越过乌盭山，讨伐匈奴遬濮部，渡过狐奴河，经历五个匈奴王国，辎重多，人马众，对降服者宽赦，几乎抓到匈奴单于的儿子。战斗六天。越过焉支山一千余里，和敌人短兵相接，苦战于皋兰山下，杀折兰王，砍卢侯王，诛杀顽抗的敌人，其他全部捉获。俘虏浑邪王的儿子和相国、都尉，共杀敌和俘虏八千九百六十人。缴获休屠王祭天的金人。他的士卒伤亡约有十分之七。加封霍去病食邑二千二百户。"

【原文】

其夏，去病与合骑侯敖俱出北地，异道。博望侯张骞、郎中令李广俱出右北平，异道。广将四千骑先至，骞将万骑后。匈奴左贤王将数万骑围广，广与战二日，死者过半，所杀亦过当。骞至，匈奴引兵去。骞坐行留，当斩，赎为庶人。而去病出北地，遂深入，合骑侯失道，不相得。去病至祁连山，捕首虏甚多。……合骑侯敖坐行留不与票骑将军会，当斩，赎为庶人。诸宿将所将士马兵亦不如去病，去病所将常选，然亦敢深入，常与壮骑先其大军，军亦有天幸，未尝困绝也。然而诸宿将常留落不耦。由此去病日以亲贵，比大将军。

【译文】

　　这年夏天,霍去病与合骑侯公孙敖同时从北地郡分两路出兵。博望侯张骞、郎中令李广则同时从右北平郡也分两路出兵。李广率四千骑兵先到目的地,张骞率领一万人马后到。匈奴左贤王带领数万骑兵包围了李广部,李广与敌人激战两天,伤亡过半,杀死的敌人则更多一些。直到张骞部赶到,匈奴才退走。张骞因为部队行动迟缓,应当斩首,赎罪为民。霍去病从北地出发后,深入匈奴地区。合骑侯公孙敖因走错了路线。没能够与霍去病会师,霍去病率军到达祁连山,捕杀敌人很多。……合骑侯公孙敖因行军滞留,未能够与骠骑将军会师,应当斩首,赎罪为民。许多老将率领的兵马也不如霍去病。霍去病率领的士卒常常是旧部,他自己也敢深入敌区,他和精壮士卒奔驰在大军的前面。他的部队也是有天幸,从没遭遇过很大的危险。可是那些老将却常常落在后面,不能得到良好的战机。从此霍去病日益受到武帝的宠爱而显贵,地位与大将军卫青相等。

陶执戟骑马俑

【原文】

　　其后,单于怒浑邪王居西方数为汉所破,亡数万人,以票骑之兵也,欲召诛浑邪王。浑邪王与休屠王等谋欲降汉,使人先要道边。是时,大行李息将城河上,得浑邪王使,即驰传以闻。上恐其以诈降而袭边,乃令去病将兵往迎之。去病既渡河,与浑邪众相望。浑邪裨王将见汉军而多欲不降者,颇遁去。去病乃驰入,得与浑邪王相见,斩其欲亡者八千人,遂独遣浑邪王乘传先诣行在所,尽将其众渡河,降者数万人,号称十万。……其明年,匈奴入右北平、定襄,杀略汉千余人。

【译文】

　　这次战斗后,单于对浑邪王驻守西面而多次被汉军所败十分愤怒,浑邪王损失了几万士卒,都是遭到骠骑将军的打击,单于想把浑邪王召来杀掉。浑邪王就和休屠王商量投降汉朝,派人先约汉方代表在边境上商谈。这时大行令李息正准备在黄河岸边修筑城堡,获浑邪王使者,立刻派人乘传车报告皇上。武帝担心匈奴是用诈降的手段乘机偷袭边境,就命令霍去病率兵前去迎接。霍去病的部队渡过黄河,与浑邪王的军队遥遥相望,浑邪王下属的裨王裨将看到汉军,很多人又不想投降,纷纷逃跑。霍去病立即飞马冲入匈奴军营,与浑邪王相见,杀死要逃的八千多人,让浑邪王单独乘邮驿官车先到皇帝巡行的住处,又带浑邪王的部众渡过黄河。投降的匈奴人有数万,号称十万。……第二年,匈奴入侵右北平和定襄郡,杀死和掳掠汉朝一千余人。

【原文】

去病骑兵车重与大将军军等,而亡裨将。悉以李敢等为大校,当裨将,出代、右北平二千余里,直左方兵,所斩捕功已多于青。

既皆还,上曰:"票骑将军去病率师躬将所获荤允之士,约轻赍,绝大幕,涉获单于章渠,以诛北车耆,转击左大将双,获旗鼓,历度难侯,济弓卢,获屯头王、韩王等三人,将军、相国、当户、都尉八十三人,封狼居胥山,禅于姑衍,登临翰海,执讯获丑七万有四百四十三级,师率减什二,取食于敌,卓行殊远而粮不绝。以五千八百户益封票骑将军。右北平太守路博德属票骑将军,会兴城,不失期,从至梼余山,斩首捕虏二千八百级,封博德为邳离侯。北地都尉卫山从票骑将军获王,封山为义阳侯。故归义侯因淳王复陆支、楼剸王伊即靬皆从票骑将军有功,封复陆支为杜侯,伊即靬为众利侯。从票侯破奴、昌武侯安稽从票骑有功,益封各三百户。渔阳太守解、校尉敢皆获鼓旗,赐爵关内侯,解食邑三百户,敢二百户。校尉自为爵左庶长。"军吏卒为官,赏赐甚多。而青不得益封,吏卒无封者。唯西河太守常惠、云中太守遂成受赏,遂成秩诸侯相,赐食邑二百户,黄金百斤,惠爵关内侯。

【译文】

霍去病所率领的骑兵和辎重与大将军卫青所率领的相等,而没有副将。全都任用李敢等人为大校,当作副将。他从代郡和右北平郡出击两千余里,直指匈奴左贤王的军队,斩杀和俘虏敌人的功劳超过卫青。

鎏金铜马　西汉，通高62厘米，长76厘米。1981年于陕西兴平县茂陵一号无名冢出土。据考证，该马是根据西汉大宛良马的形象铸造的。

出征回来以后，皇上说："骠骑将军霍去病率军出征，亲自带领俘获的匈奴兵，少带器物，深入大漠，过河活捉单于大臣章渠，诛杀北车耆王，又转攻左大将双，缴获敌人的军旗战鼓。又越过难侯山，渡过弓卢水，抓获屯头王、韩王等三人，将军、相国、当户、都尉等八十三人。在狼居胥山祭天，在姑衍山祭地，登山眺望翰海，抓获俘虏七万零四百四十三人，自己的士卒大约伤亡十分之二。又向敌人夺取军粮，行军极远而粮草不断。以五千八百户加封骠骑将军。右北平太守路博德作为骠骑将军的部下，在兴城会师，不误期，跟从骠骑将军打到梼余山，斩敌捕虏二千八百人，封路博德为邳离侯。北地都尉卫山跟从骠骑将军活捉匈奴王，封卫山为义阳侯。先前的归义侯因淳王复陆支、楼剌王伊即靬都从骠骑将军作战有功，封复陆支为杜侯，伊即靬为众利侯。从票侯赵破奴、昌武侯赵安稽跟从骠骑将军立有战功，各加封三百户。渔阳太守解、校尉李敢都缴获敌人旗鼓，赐给爵位关内侯。解的食邑为三百户，李敢的食邑二百户，赐校尉徐自为爵左庶长。"霍去病部队的官兵升官和受赏的很多。而卫青没有得到加封，手下的官兵也没有受封的。只有西河郡太守常惠、云中郡太守遂成受到奖赏。遂成的职位同于诸侯王国的相，赐给食邑二百户、黄金一百斤。赐给常惠爵关内侯。

【原文】

　　去病自四年年后三岁，元狩六年薨。上悼之，发属国玄甲，军陈自长安至茂陵，为冢象祁连山。谥之并武与广地曰景桓侯。

【译文】

　　霍去病在元狩四年出兵以后的第三年，即元狩六年去世。武帝很悲伤，调发附属国穿黑衣的士兵，从长安列队直到茂陵。在茂陵园为他修筑坟墓，形状像祁连山。并为他定谥号，合并"武"和"广地"两层意义称为"景桓侯"。

董 仲 舒 传

【题解】

董仲舒(前179—前104),中国古代思想家。西汉广川(今河北景县西南)人。武帝初,以贤良对策,主张更化善治,德刑并用,以德政为主。建议"罢黜百家,独尊儒术"。又奏请设立学官,州郡举茂材孝廉。历任江都相、胶东相。其学糅合儒家学说与阴阳五行,构成以"天人感应"为核心的神学思想体系。

【原文】

董仲舒,广川人也。少治《春秋》,孝景时为博士。下帷讲诵,弟子传以久次相授业,或莫见其面。盖三年不窥园,其精如此。进退容止,非礼不行,学士皆师尊之。

【译文】

董仲舒是广川人。年轻时研究《公羊春秋》,汉景帝时当上了博士。他在室内挂上帷幕,坐在帷幕后面讲学,弟子们按照入学的先后转相传授学业,有的学生竟然没有见过他。董仲舒精心钻研学问,三年没到园圃中观赏过一次。他的进退仪容举止,不符合礼仪的不做,学士们都尊他为老师。

【原文】

武帝即位,举贤良文学之士前后百数,而仲舒以贤良对策焉。

【译文】

汉武帝继承帝位以后,下令荐举贤良文学之士,先后推选了一百多位,董仲舒作为贤良回答了皇帝的策问。

【原文】

制曰:"朕获承至尊休德,传之亡穷,而施之罔极,任大而守重,是以夙夜不皇康宁,永惟万事之统,犹惧有阙。故广延四方之豪俊，郡国诸侯公选贤良修洁博习之士，欲闻大道之要，至论之极。今子大夫褎然为举首，朕甚嘉之……"

【译文】

汉武帝策问道："我继承了先帝最崇高的地位和最美好的德行，要永久传下去，延长到无穷尽的未来，这项任务巨大而且职守重要，所以我从早到晚都没有时间来享乐休息，久久地思考一切事情的原委，唯恐有不周到的地方。因此广泛地邀请各地的豪杰俊才，郡守、王国、诸侯公正地推选出来的贤良、修德、高洁、博学的才士们，我想知道治国大道的纲要、安民理论的最高原则。现在大夫们俨然作为贤良的首选，我认为这很好……"

董仲舒

【原文】

仲舒对曰："……臣谨案《春秋》之中，视前世已行之事，以观天人相与之际，甚可畏也。国家将有失道之败，而天乃先出灾害以谴告之，不知自省，又出怪异以警惧之，尚不知变，而伤败乃至。以此见天心之仁爱人君而欲止其乱也。……孔子曰：'凤鸟不至，河不出图，吾已矣夫！'自悲可致此物，而身卑贱不得致也。今陛下贵为天子，富有四海，居得致之位，操可致之势，又有能致之资，行高而恩厚，知明而意美，爱民而好士，可谓谊主矣。然而天地未应而美祥莫至者，何也？凡以教化不立而万民不正也。夫万民之从利也，如水之走下，不以教化堤防之，不能止也。是故教化立而奸邪皆止者，其堤防完也；教化废而奸邪并出，刑罚不能胜者，其堤防坏也。古之王者明于此，是故南面而治天下，莫不以教化为大务。……圣王之继乱世也，扫除其迹而悉去之，复修教化而崇起之。教化已明，习俗已成，子孙循之，行五六百岁尚未败也。……今汉继秦之后，如朽木、粪墙矣，虽欲善治之，亡可奈何。……故汉得天下以来，常欲善治，而至今不可善治者，失之于当更化而不更化也。……今临政而愿治七十余岁矣，不如退而更化；更化则可善治，善治则灾害日去，福禄日来。《诗》云：'宜民宜人，受禄于天。'为政而宜于民者，固当受禄于天。夫仁、谊、礼、知、信五常之道，王者所当修饬也；五者修饬，故受天之祐，而享鬼神之灵，德施于方外，延及群生也。"

【译文】

　　董仲舒对答说："……我谨慎地按照《春秋》中的记载，考察前代已经做过的事情，来研究天和人相互作用的关系，情况是很可怕的啊！国家将要发生违背道德的败坏事情，那么天就降下灾害来谴责和提醒它；如果不知道醒悟，天又生出一些怪异的事来警告和恐吓它；还不知道悔改，那么伤害和败亡就会降临。由此可以看出，天对人君是仁爱的，希望帮助人君消弭祸乱。……孔子说：'凤鸟不来到，河图不出现，我恐怕要完了吧！'这是他悲伤自己的德行可以招致这些祥瑞，却因为自己地位卑贱而不能招来。现在陛下贵为天子，富有四海，处在可以招致祥瑞的地位，掌握了可以招致祥瑞的形势，又有能招致祥瑞的资质，行为高尚而恩德广厚，才智聪明而意向美好，爱护人民而喜欢文士，可以说是有道义的君主了。然而天地还没有感应，美好的祥瑞还没有到来，这是什么原因呢？大概是教化没有建立，没有把人民纳入正道吧。万民追逐利益，就好像水向下流一样，不拿教化作他们的堤防，就不能制止，所以教化建立而奸邪停止，是因为它的堤防完好；教化废止而奸邪并出，用刑罚也不能制止，这是它的堤防坏了。古代的王者明白这个道理，所以他们坐朝治理天下，没有不把教化当作主要任务的。……圣明的君王承继乱世，他把乱世所遗留的一切痕迹都扫除掉，恢复教化，并且给以特别推崇。到了教化已经明了，习俗已经养成，子孙遵循推行下去，过五六百年仍然不会衰败。……现在汉朝承继秦朝之后，社会状况就像朽木和泥墙，虽然想很好地治理它，却没有好办法。……所以汉朝得天下以来，常想好好治理；可是到现在还没治理好，问题就在于应当改革而没有改革。……汉朝临政并且想把政事治理好，到现在已经七十多年了。不如回头来进行改革，改革了就能好好治理；国家治理好了，灾害就会一天天消除，福禄也就会一天天到来，《诗经》上说：'适合于民，适合于人，接受天给予的福禄。'执政能适合人民，自然会得到天给予的福禄。仁、义、礼、智、信是五种恒久不变的道，这是王者应当培养整饬的。这五种道能培养整饬好，就能得到天的保佑，鬼神也来赞助他接受祭祀，恩德就会普及到天下，扩大到一切生命。"

【原文】

天子览其对而异焉，乃复册之曰："……朕夙寤晨兴，……皆在力本任贤。……今阴阳错缪，氛气充塞，群生寡遂，黎民未济，廉耻贸乱，贤不肖浑殽，未得其真，故详延特起之士，庶几乎！今子大夫待诏百有余人……各悉对，著于篇，毋讳有司。明其指略，切磋究之，以称朕意。"

【译文】

汉武帝看了董仲舒的对策认为很不寻常，于是又策问大夫们："……我晚睡早起……认为关键在于努力搞好农业，任用贤人。……现在阴阳错乱，天地间充满了恶劣的气氛，许多生物得不到生长，人民陷在贫困的境地，廉洁的人和无耻的人混淆在一起，好人和坏人也分不清楚，得不到真实的情况，所以我广泛地邀请了特别杰出的士人来请教，目的也许可以达到吧！现在大夫们等待诏命的有一百多人……每个人都可以尽意对答，写成文字，不要害怕主管官吏，尽管去阐明你们的意旨和方略，进行切磋研究，以符合我的心意。"

铜奔马　汉代晚期青铜艺术品。1976年出土于甘肃省武威市雷台汉墓。

【原文】

仲舒对曰："……夫不素养士而欲求贤，譬犹不琢玉而求文采也。故养士之大者，莫大乎太学；太学者，贤士之所关也，教化之本原也。……臣愿陛下兴太学，置明师，以养天下之士，数考问以尽其材，则英俊宜可得矣。今之郡守、县令，民之师帅，所使承流而宣化也；故师帅不贤，则主德不宣，恩泽不流。今吏既亡教训于下，或不承用主上之法，暴虐百姓，与奸为市，贫穷孤弱，冤苦失职，甚不称陛下之意。是以阴阳错缪，氛气充塞，群生寡遂，黎民未济，皆长吏不明，使至于此也。……臣愚以为使诸列侯、郡守、二千石各择其吏民之贤者，岁贡各二人以给宿卫，且以观大臣之能；所贡贤者有赏，所贡不肖者有罚。夫如是，诸侯、吏二千石皆尽心于求贤，天下之士可得而官使也。遍得天下之贤人，则三王之盛易为，而尧、舜之名可及也。毋以日月为功，实试贤能为上，量材而授官，录德而定位，则廉耻殊路，贤不肖异处矣……"

【译文】

董仲舒回答："……平时不培养人才却想寻求贤人，就好比不雕刻玉却要求玉有文采一样。所以培养人才没有比办好太学更重要的了，太学是产生贤士的地方，是教化的本源……臣希望陛下兴办太学，聘请高明的教师来教育培养天下的士人，经常考问他们而使他们充分发挥自己的才能，那么英明的人才就可以得到了。现在的郡守、县令，就是百姓的老师和表率，是委派他们禀承君主的恩泽去宣扬教化的，师表不贤良，君主的仁德就得不到宣扬，恩泽就传布不到下面。现在官吏既然没有教育人民，或者不实行君主的法令，暴虐百姓，和坏人狼狈为奸，谋取私利，致使贫穷孤弱的人含冤受苦，流离失所，很不符合陛下的意愿。所以阴阳错乱，怨气充满，人民无法生活，在苦难中得不到救助，这都是郡守、县令们不贤明，才造成这样的现象啊。……臣下认为让各位诸侯、郡守、二千石各自选择他们管辖下的官吏和百姓中的贤才，每年荐举两人，让他们在皇宫中值宿守卫，而且还可以拿这件事来观察大臣的能力，如果荐举的人贤能，就给予奖赏；要是荐举的人不好，就加以惩罚。如果像这样，诸侯、二千石官都尽心寻求贤才，天下有才能的人就可以得到，就可以给他们官职加以任用了。遍得天下的贤人，那么三王的盛世也就容易做到，尧、舜的声名也就可以赶上了，千万不要用做官时间的长短来计算功劳，实际考察官吏的贤能是上策，衡量了才能以后再授给官职，考察了德行以后再定职位，那样，廉洁和无耻待遇不同，好人和坏人就能够区别了……"

【原文】

于是天子复册之。制曰："……今子大夫既已著大道之极，陈治乱之端矣，其悉之究之，孰之复之。……朕将亲览焉，子大夫其茂明之。"

【译文】

汉武帝再次提出策问:"……现在大夫们既然已经写出了大道的最高原则,陈述了治理乱世的方法,希望你们再说详细些、深刻些、周到些。……我要亲自看你们的对策,大夫们要努力阐明你们的见解。"

【原文】

仲舒复对曰:"……《春秋》大一统者,天地之常经,古今之通谊也。今师异道,人异论,百家殊方,指意不同,是以上亡以持一统;法制数变,下不知所守。臣愚以为诸不在六艺之科孔子之术者,皆绝其道,勿使并进。邪辟之说灭息,然后统纪可一而法度可明,民知所从矣。"

【译文】

董仲舒又答道:"……《春秋》推重统一,这是天地永恒的原则,是古今共通的道理。如今老师,所讲的道理彼此不同,人们的议论也彼此各异,诸子百家研究的方向不同,意旨也不一样,所以处在上位的人君不能掌握统一的标准,法令制度多次改变,在下的百姓不知道应当怎样遵守。臣认为凡是不属于六艺的科目和孔子学术的学说,都一律禁止,不许它们同样发展。邪僻的学说消失了,然后学术的系统就可以统一,法令制度就可以明白,人民也知道服从的对象了。"

【原文】

对既毕,天子以仲舒为江都相,事易王。易王,帝兄,素骄,好勇。仲舒以礼谊匡正,王敬重焉。

【译文】

对策结束后,汉武帝任命董仲舒为江都相,辅助易王。易王刘非,是汉武帝的哥哥,平素很骄横,喜欢勇武。董仲舒用礼谊扶正易王,易王很敬重他。

【原文】

仲舒治国,以《春秋》灾异之变推阴阳所以错行,故求雨,闭诸阳,纵诸阴,其止雨反是;行之一国,未尝不得所欲。中废为中大夫。先是辽东高庙、长陵高园殿灾，仲舒居家推说其意，草稿未上，主父偃候仲舒，私见，嫉之，窃其书而奏焉。上召视诸儒，仲舒弟子吕步舒不知其师书，以为大愚。于是下仲舒吏，当死，诏赦之。仲舒遂不敢复言灾异。

【译文】

　　董仲舒治理国事，是用《春秋》记载的灾异变化来推究阴阳错行的原因，所以求雨时，闭阳纵阴；止雨时，就闭阴纵阳。这种祈雨止涝的方法推行到江都全国，没有不随心所欲的。后来董仲舒被废为中大夫。因为在这之前，辽东郡祭祀汉高祖的高庙和汉朝皇帝祭祖的地方长陵高园殿先后发生火灾，董仲舒在家里推论天降火灾和人世的关系，奏章草稿写好了还没有上呈。主父偃来探望董仲舒，私自看了奏章草稿，他平素就嫉妒董仲舒，便把奏章草稿偷走，上交给汉武帝。汉武帝召集了很多儒生，让他们看董仲舒的奏章草稿。董仲舒的学生吕步舒不知道这个奏章草稿是他老师写的，认为非常愚昧。于是汉武帝把董仲舒交官问罪，判处死刑，汉武帝下诏赦免了他。董仲舒从此再不敢谈论灾异变化。

长信宫灯　西汉早期照明灯。1968年出土于河北省满城县中山靖王刘胜之妻窦绾墓。

【原文】

　　仲舒为人廉直。是时方外攘四夷，公孙弘治《春秋》不如仲舒，而弘希世用事，位至公卿。仲舒以弘为从谀，弘嫉之。胶西王亦上兄也，尤纵恣，数害吏二千石。弘乃言于上曰："独董仲舒可使相胶西王。"胶西王闻仲舒大儒，善待之。仲舒恐久获罪，病免。凡相两国，辄事骄王，正身以率下，数上疏谏争，教令国中，所居而治。及去位归居，终不问家产业，以修学著书为事。

【译文】

　　董仲舒为人廉洁正直。这时期汉朝正用兵周边少数民族，公孙弘研究《公羊春秋》的水平不如董仲舒，可是公孙弘迎合世俗，掌握大权，位至公卿。董仲舒认为公孙弘奉承谄媚，公孙弘嫉恨董仲舒。胶西王刘端也是汉武帝的哥哥，为人特别放纵，凶残蛮横，多次杀害了朝廷派去的二千石官。公孙弘就跟汉武帝说："只有董仲舒可以担任胶西王相。"胶西王刘端听说董仲舒是有名的儒家大师，待他还比较尊重。董仲舒害怕时间长了会招致不测之罪，就以年老有病为由辞职回家了。董仲舒前后做过江都、胶西两国的相，都是辅佐骄横的诸侯王，他以身作则为下属做表率，多次上疏直言规谏，制定教令颁行国中，他所在的江都、胶西两国均治理得很好。到了去官归家后，他根本不管家庭产业，只是埋头诵读，专心著书。

【原文】

仲舒在家，朝廷如有大议，使使者及廷尉张汤就其家而问之，其对皆有明法。自武帝初立，魏其、武安侯为相而隆儒矣。及仲舒对册，推明孔氏，抑黜百家。立学校之官，州郡举茂材孝廉，皆自仲舒发之。年老，以寿终于家。家徙茂陵，子及孙皆以学至大官。

【译文】

董仲舒养病在家，朝廷如果讨论什么重大问题，就派使者和廷尉张汤到他家征询他的意见，董仲舒的解答都有根有据。从汉武帝即位初，魏其侯窦婴和武安侯田蚡先后做丞相，开始推崇儒学。到董仲舒对册，推尊宣扬孔子，抑黜百家。设立管理学校的官吏，州郡举荐茂材孝廉，都是从董仲舒开始的。董仲舒年老在家里寿终。后来他家迁往茂陵县，他的儿子和孙子都凭学问做了大官。

【原文】

仲舒所著，皆明经术之意，及上疏条教，凡百二十三篇。而说《春秋》事得失，《闻举》、《玉杯》、《蕃露》、《清明》、《竹林》之属，复数十篇，十余万言，皆传于后世。掇其切当世施朝廷者著于篇。

【译文】

董仲舒的著作，都是阐明儒家经学意旨的，加上奏疏教令，总共一百二十三篇。解说《春秋》记事的得失，及《闻举》、《玉杯》、《蕃露》、《清明》和《竹林》之类的文章，还有几十篇，十多万字，都流传到了后世。我（班固）挑选其中切合当今社会和朝廷的内容写在文章里。

霍 光 传

【题解】

　　霍光（？—前68），西汉大臣。字子孟，河东平阳（今山西临汾）人。霍去病异母弟。武帝时为奉车都尉。昭帝幼年即位，受武帝遗诏辅政，任大司马大将军，封博陆侯。昭帝死后，光迎立刘贺为帝，不久即废，又迎立宣帝。前后执政二十余年。

【原文】

　　霍光字子孟，票骑将军去病弟也。父中孺，河东平阳人也，以县吏给事平阳侯家，与侍者卫少儿私通而生去病。中孺吏毕归家，娶妇生光，因绝不相闻。久之，少儿女弟子夫得幸于武帝，立为皇后，去病以皇后姊子贵幸。既壮大，乃自知父为霍中孺，未及求问。会为票骑将军击匈奴，道出河东，河东太守郊迎，负弩矢先驱，至平阳传舍，遣吏迎霍中孺。中孺趋入拜谒，将军迎拜，因跪曰："去病不早自知为大人遗体也。"中孺扶服叩头，曰："老臣得托命将军，此天力也。"去病大为中孺买田宅奴婢而去。还，复过焉，乃将光西至长安，时年十余岁，任光为郎，稍迁诸曹侍中。去病死后，光为奉车都尉、光禄大夫，出则奉车，入侍左右，出入禁闼二十余年，小心谨慎，未尝有过，甚见亲信。

【译文】

　　霍光，字子孟，是骠骑将军霍去病的弟弟。他的父亲霍中孺是河东郡平阳县人，早年曾以县吏的身份被派往平阳侯家服务，和平阳侯家的侍女卫少儿私通而生下了霍去病。后来，中孺服役期满回到家乡，又娶了妻子，生了霍光，从此和卫少儿母子断绝了联系。很久以后，卫少儿的妹妹子夫被武帝所宠幸，立为皇后。霍去病以皇后姐姐之子的身份随之富贵并得到武帝的宠爱。霍去病长大了之后，知道自己的生父是中孺，但一直没顾上寻找。正好有一次他以票骑将军之职率军出击匈奴，途经河东郡地。郡太守赶到郡境边界迎接去病，还亲自背着弩矢为他先驱开道。到了平阳县的传舍之后，霍去病派当地的官吏迎请霍中孺。中孺小跑着进了门，拜谒霍去病。去病迎上前去，跪拜说道："我早先不知道是您的儿子！"中孺俯伏在地，叩头答道："老臣能托命将军，这是上天的神力呵！"霍去病为中孺购买了许多田地、房宅和奴婢，然后离去。战事结束从河东还师时，霍去病顺道把霍光带到了长安，当时霍光还是个年方十几岁的少年。霍光先是被任为郎官，以后不久便升为诸曹、侍中。去病去世之后，霍光官至奉车都尉、光禄大夫，武帝出行则为其驾车，回宫则守侍其旁，出入宫廷禁地二十多年，一直小心谨慎，从未出现任何过失差错，因而武帝非常亲近和信任他。

【原文】

征和二年，卫太子为江充所败，而燕王旦、广陵王胥皆多过失。是时，上年老，宠姬钩弋赵婕伃有男，上心欲以为嗣，命大臣辅之。察群臣唯光任大重，可属社稷。上乃使黄门画者画周公负成王朝诸侯以赐光。后元二年春，上游五柞宫，病笃，光涕泣问曰："如有不讳，谁当嗣者？"上曰："君未谕前画意邪？立少子，君行周公之事。"光顿首让曰："臣不如金日䃅。"日䃅亦曰："臣外国人，不如光。"上以光为大司马大将军，日䃅为车骑将军，及太仆上官桀为左将军，搜粟都尉桑弘羊为御史大夫，皆拜卧内床下，受遗诏辅少主。明日，武帝崩，太子袭尊号，是为孝昭皇帝。帝年八岁，政事一决于光。

【译文】

征和二年，卫太子因受江充的陷害而死，而燕王刘旦和广陵王刘胥两人又颇多过失。当时武帝已经年迈，他的宠姬钩弋赵婕伃生有一个男孩，武帝想立这个幼子为皇位的继承人，要挑选大臣来辅佐他。武帝逐个考察了各位大臣，觉得只有霍光堪当重任，可以把社稷相托。于是他便让黄门的画师绘了一幅《周公负成王朝诸侯图》，赐给了霍光。后元二年的春天，武帝游幸至五柞宫，病势垂危，霍光流着眼泪问他："万一陛下有个三长两短，由谁来继承皇位呢？"武帝说："您还不明白先前我赐您那幅画的意思吗？立少子为帝，由您像周公辅佐成王那样去辅佐他。"霍光叩头辞让说："我不如金日䃅合适。"金日䃅也说："我是外国人，不如霍光合适。"武帝任命霍光担任大司马大将军，金日䃅为车骑将军；同时又任命太仆上官桀为左将军，搜粟都尉桑弘羊为御史大夫。武帝让他们几个人在卧室内的床下拜受官职，诏令他们辅佐年少的皇帝。第二天，武帝去世，太子继承了皇帝尊号，这就是孝昭皇帝。当时，昭帝年仅八岁，国家政事统统都由霍光代为决断。

金日䃅

【原文】

　　光为人沉静详审，长财七尺三寸，白皙，疏眉目，美须髯。每出入下殿门，止进有常处，郎仆射窃识视之，不失尺寸，其资性端正如此。初辅幼主，政自己出，天下想闻其风采。殿中尝有怪，一夜群臣相惊，光召尚符玺郎，郎不肯授光。光欲夺之，郎按剑曰："臣头可得，玺不可得也！"光甚谊之。明日，诏增此郎秩二等。众庶莫不多光。

【译文】

　　霍光为人沉着、稳重、处事审慎、周密。他的身高仅有七尺三寸，皮肤白皙，粗眉大眼，须髯很美。每次出入宫殿，上下殿门时，所停、所进都有固定的位置，郎仆射曾在暗中观察，结果发觉每次都是丝毫不差，霍光的资性端正，由此可见一斑。霍光刚开始辅政时，国家的政令均由己而出，天下臣民都在想像和传布其风度与神采。有一次，宫廷中闹起了鬼怪，一夜之间，大臣们都惊恐不安。霍光便把尚符玺郎召来，让他把皇帝的印玺交给自己，这位郎官不肯。霍光便想上前去夺，郎官拔出剑来厉声说道："我的头可以给你，但皇帝的印玺却不能给你！"霍光听了后对他肃然起敬。第二天，霍光让昭帝下诏为这位郎官加秩二等，众人知道后，莫不夸赞霍光。

【原文】

　　光与左将军桀结婚相亲，光长女为桀子安妻。有女年与帝相配，桀因帝姊鄂邑盖主内安女后宫为倢伃，数月立为皇后。父安为票骑将军，封桑乐侯。光时休沐出，桀辄入代光决事。桀父子既尊盛，而德长公主。公主内行不修，近幸河间丁外人。桀、安欲为外人求封，幸依国家故事以列侯尚公主者，光不许。又为外人求光禄大夫，欲令得召见，又不许。长主大以是怨光。而桀、安数为外人求官爵弗能得，亦惭。自先帝时，桀已为九卿，位在光右。及父子并为将军，有椒房中宫之重，皇后亲安女，光乃其外祖，而顾专制朝事，繇是与光争权。

【译文】

　　霍光与左将军上官桀是儿女亲家，关系很密切。霍光的长女嫁于上官桀之子安为妻，生有一个女儿，年龄与昭帝相当。上官桀通过昭帝姐姐鄂邑长公主的关系，将孙女送入后宫，先是立为倢伃，几个月后就成为昭帝的皇后。昭帝委任上官安为骠骑将军，封他为桑乐侯。每当霍光出宫休假时，上官桀便入宫，代替霍光处理朝政。上官桀父子尊贵起来之后，对长公主充满了感激之情。长公主的私生活很不检点，和河间国的丁外人私通，上官桀父子便想为丁外人谋求封爵，希望他封侯之后能按照国家旧例与公主结婚，霍光不同意这样做。他们又想让丁外人当光禄大夫，以便能得到皇帝的召见，霍光又没有同意。长公主因此而怨恨霍光。上官桀父子几次为丁外人求封求官都未能如愿，也感到对不起长公主。在武帝时期，上官桀已经跻身九卿之列，官位高于霍光；现在父子二人同为将军，又是昭帝的外戚；皇后是上官安的亲生女儿，霍光不过是其外祖父，反倒独揽大权。于是，他们便开始与霍光争夺权势。

【原文】

　　燕王旦自以昭帝兄，常怀怨望。及御史大夫桑弘羊建造酒榷、盐铁，为国兴利，伐其功，欲为子弟得官，亦怨恨光。于是盖主、上官桀、安及弘羊皆与燕王旦通谋，诈令人为燕王上书，言："光出都肄郎羽林，道上称跸，太官先置。"又引："苏武前使匈奴，拘留二十年不降，还乃为典属国，而大将军长史敞亡功为搜粟都尉。又擅调益莫府校尉。光专权自恣，疑有非常。臣旦愿归符玺，入宿卫，察奸臣变。"候司光出沐日奏之。

桀欲从中下其事，桑弘羊当与诸大臣共执退光。书奏，帝不肯下。

【译文】

　　燕王刘旦自以为是昭帝之兄，理当继承皇位，所以对昭帝继位一直是心怀不满。御史大夫桑弘羊曾制定了酒榷、官营盐铁等为国兴利的大政，自以为功可傲人，想为子弟求官，遭到拒绝，也怨恨霍光。于是，盖主、上官桀父子及桑弘羊等人都和燕王旦暗中勾结，他们指使人以燕王旦的名义向昭帝写了一份上书说："霍光出宫阅试羽林兵操练的时候，僭用天子仪仗，断绝了路人交通。还指派太官先行，为其准备饮食。"又说："苏武奉命出使匈奴，被拘留了二十年而不投降，回国之后才官为典属国，但大将军的长史杨敞却无功而升官为搜粟都尉。霍光还擅自调动军官，增加其幕府的校尉。霍光独霸大权，无所顾忌，似乎是心怀异志。臣旦愿意归还符玺，回京宿卫，督察奸臣之变。"他们计划乘霍光出宫休假时将这份上书呈报给昭帝。上官桀想让昭帝将此上书批转给有关部门处理，由桑弘羊联合其他大臣共同逼迫霍光辞官交权。不料上书呈给昭帝后，却被昭帝扣住不发。

西汉青铜斧车　斧车也称轻车，是一马拖乘的兵车，因其舆中间竖立一柄大钺斧而得名。

【原文】

　　后桀党与有谮光者，上辄怒曰："大将军忠臣，先帝所属以辅朕身，敢有毁者坐之。"自是桀等不敢复言，乃谋令长公主置酒请光，伏兵格杀之，因废帝，迎立燕王为天子。事发觉，光尽诛桀、安、弘羊、外人宗族。燕王、盖主皆自杀。光威震海内。昭帝既冠，遂委任光，讫十三年，百姓充实，四夷宾服。

【译文】

　　此后，上官桀的党羽又在昭帝面前说霍光的坏话。昭帝一听就大怒，说："大将军是忠臣，是先帝为我所选定的辅政大臣，今后谁要是再敢诬陷他，我可就不客气了！"从此，上官桀等再也不敢在昭帝面前进谗言了。他们又计划让长公主做东宴请霍光，事先埋下伏兵，待霍光赴宴时将他杀掉，然后就废掉昭帝，迎请燕王旦继承帝位。这个阴谋被霍光所知，他就将上官桀父子及桑弘羊、丁外人全部处死，还将其宗族诛灭。燕王和盖主都畏罪自杀。霍光由此而威震海内。昭帝成人之后，仍让霍光全权处理朝政。霍光辅政十三年，天下百姓都过上了富足的日子，周边各族也都按时朝贡，归服汉廷。

【原文】

元平元年，昭帝崩，无嗣。武帝六男独有广陵王胥在，群臣议所立，咸持广陵王。王本以行失道，先帝所不用。光内不自安。郎有上书言："周太王废太伯立王季，文王舍伯邑考立武王，唯在所宜，虽废长立少可也。广陵王不可以承宗庙。"言合光意。光以其书视丞相敞等，擢郎为九江太守，即日承皇太后诏，遣行大鸿胪事少府乐成、宗正德、光禄大夫吉、中郎将利汉迎昌邑王贺。

【译文】

元平元年，昭帝病逝，没有儿子继位。武帝的六个儿子中只有广陵王胥还活在人世。大臣们在讨论皇位继承人时，都觉得广陵王胥合适。可是，广陵王胥早先是因为品行不端而被武帝排斥在帝位以外的，霍光对大臣们的意见感到不满。这时有一位郎官上书说："当年周太王废太伯而立王季，周文王则舍弃伯邑考而立周武王，只要对国家有利，即便是废长立少也在所不惜。广陵王不能够继承皇帝之位。"此言正与霍光的心思相同，于是他便让丞相杨敞等人传看了这封上书，将这位郎官提拔为九江郡的太守。当天就秉承皇太后的旨意，派遣代理大鸿胪的少府乐成、宗正刘德、光禄大夫丙吉和中郎将利汉等人前往昌邑国，迎请昌邑王刘贺。

【原文】

贺者，武帝孙，昌邑哀王子也。既至，即位，行淫乱。光忧懑，独以问所亲故吏大司农田延年。延年曰："将军为国柱石，审此人不可，何不建白太后，更选贤而立之？"光曰："今欲如是，于古尝有此否？"延年曰："伊尹相殷，废太甲以安宗庙，后世称其忠。将军若能行此，亦汉之伊尹也。"光乃引延年给事中，阴与车骑将军张安世图计，遂召丞相、御史、将军、列侯、中二千石、大夫、博士会议未央宫。光曰："昌邑王行昏乱，恐危社稷，如何？"群臣皆惊愕失色，莫敢发言，但唯唯而已。田延年前，离席按剑，曰："先帝属将军以幼孤，寄将军以天下，以将军忠贤能安刘氏也。今群下鼎沸，社稷将倾，且汉之传谥常为孝者，以长有天下，令宗庙血食也。如令汉家绝祀，将军虽死，何面目见先帝于地下乎？今日之议，不得旋踵。群臣后应者，臣请剑斩之。"光谢曰："九卿责光是也。天下匈匈不安，光当受难。"于是议者皆叩头，曰："万姓之命在于将军，唯大将军令。"

【译文】

刘贺，是武帝的孙子，昌邑哀王刘髆的儿子。他到了长安之后，继承了帝位，但却行为淫乱。霍光见此，内心忧虑而愤闷。他有一个亲近的老部下，担任大司农，叫田延年，霍光单独将他召来，商量对策。田延年说："将军您是国家的柱石，既然已经看出昌邑王不配当皇帝，为什么不把您的意见告知皇太后，另选贤人立为皇帝呢？"霍光说："我正想这样做，但不知古代是否有此先例。"延年说："伊尹为殷朝宰相时，曾将太甲废掉以安定国家，后代都称伊尹为忠臣。今天将军如能效法伊尹而行事，那便是汉朝的伊尹了。"霍光于是便将田延年加官给事中，私下又和车骑将军张安世筹划安排，然后就召集丞相、御史大夫、诸位将军、列侯、中二千石以上大臣及诸位大夫、博士在未央宫开会讨论废立之事。霍光说："昌邑王昏愦淫乱，这样下去则汉家天下不保，大家说该怎么办？"与会者闻听此言，个个都害怕得变了脸色，谁也不敢说话，只是唯唯诺诺而已。田延年站了起来，离席前行，按剑而言："先帝之所以把年幼的皇帝托付给将军、把天下托付给将军，乃是因为将军忠贤齐备，能确保刘家天下不失。但现在却是天下臣民人心不稳，汉家统治动摇。汉帝谥法之所以要用'孝'字为先，就是为了能长久统治天下，使祖宗的亡灵得到祭祀。如果汉家祠祭断绝，江山不保，将军即便是死了，又有何面目在地下与先帝相见！今日讨论废立之事，必须即刻决断。群臣哪一个胆敢彷徨迟疑，我请求将军允许我将他当场斩杀！"霍光谢罪说："您对我的责备很对。现在天下局势动荡，我霍光理当受此责难。"于是，大家都纷纷跪下，边磕头边说："天下百姓的命运都由大将军您来掌握，我们一切全听大将军的指挥。"

【原文】

光即与群臣俱见白太后，具陈昌邑王不可以承宗庙状。皇太后乃车驾幸未央承明殿，诏诸禁门毋内昌邑群臣。王入朝太后还，乘辇欲归温室，中黄门宦者各持门扇，王入，门闭，昌邑群臣不得入。王曰："何为？"大将军跪曰："有皇太后诏，毋内昌邑群臣。"王曰："徐之，何乃惊人如是！"光使尽驱出昌邑群臣，置金马门外。车骑将军安世将羽林骑收缚二百余人，皆送廷尉诏狱。令故昭帝侍中中臣侍守王。光敕左右："谨宿卫，卒有物故自裁，令我负天下，有杀主名。"王尚未自知当废，谓左右："我故群臣从官安得罪，而大将军尽系之乎。"顷之，有太后诏召王。王闻召，意恐，乃曰："我安得罪而召我哉！"太后被珠襦，盛服坐武帐中，侍御数百人皆持兵，期门武士陛戟，陈列殿下，群臣以次上殿。召昌邑王伏前听诏。光与群臣连名奏王，尚书令读奏曰：

【译文】

霍光立刻率领诸位大臣朝见了太后，向她详细陈述了昌邑王不堪为帝的种种表现。皇太后听完就乘车来到未央宫的承明殿，传令皇宫各处禁门，不许放进昌邑群臣。昌邑王去朝见皇太后，扑空而还，正要乘辇回温室去，中黄门的宦官在宫门的两边扶着门扇，王刚一进来就立刻把大门关上，将昌邑群臣都隔在门外。王问："这是要干什么？"大将军跪下说："皇太后刚才下诏，不许昌邑群臣进来。"王说："慢一点不行吗？干吗把人吓成这个样子！"霍光使人把昌邑群臣统统驱赶到金马门外，车骑将军张安世率领羽林骑兵将这二百多号人都捆绑起来，押送到廷尉诏狱看管。霍光命令原先在宫中侍奉昭帝的宦官们看守昌邑王，对他们说："要小心看护！如果他突然死亡，或是自杀了，我就要背上弑上杀主的恶名，无法向天下人交代了。"昌邑王此时还不知道自己将被废黜，他问身边的人："我的那些属下犯了什么罪？大将军凭什么将他们都捆起来？"不一会儿，皇太后召见昌邑王的诏书到了，他听诏之后，内心开始有些惶恐，又问道："我又犯了什么罪？皇太后召我干什么？"太后穿了一件缀有珍珠的襦衣，着朝服端坐于武帐之中，几百名侍从都手持兵器，期门武士们执戟守卫在廊阶之下。朝廷大臣以品秩为序先后步入大殿。

太后让昌邑王俯伏座前听候诏令。霍光和诸大臣连名上书控告昌邑王,尚书令宣读了他们的奏书:

【原文】

"……孝昭皇帝早弃天下,无嗣,臣敞等议,礼曰'为人后者为之子也',昌邑王宜嗣后,遣宗正、大鸿胪、光禄大夫奉节使征昌邑王典丧。服斩缞,无悲哀之心,废礼谊,居道上不素食,使从官略女子载衣车,内所居传舍。始至谒见,立为皇太子,常私买鸡豚以食。受皇帝信玺、行玺大行前,就次发玺不封。从官更持节,引内昌邑从官驺宰官奴二百余人,常与居禁闼内敖戏。自之符玺取节十六,朝暮临,令从官更持节从。为书曰:'皇帝问侍中君卿:使中御府令高昌奉黄金千斤,赐君卿取十妻。'大行在前殿,发乐府乐器,引内昌邑乐人,击鼓歌吹作俳倡。会下还,上前殿,击钟磬,召内泰壹宗庙乐人辇道牟首,鼓吹歌舞,悉奏众乐。发长安厨三太牢具祠阁室中,祀已,与从官饮啖。驾法驾,皮轩鸾旗,驱驰北宫、桂宫,弄彘斗虎。召皇太后御小马车,使官奴骑乘,游戏掖庭中。与孝昭皇帝宫人蒙等淫乱,诏掖庭令敢泄言要斩。"

【译文】

"……孝昭皇帝没有留下子嗣便过早去世,臣敞等商议,古礼有言:'做了某人的后代,便是某人子。'昌邑王适合于成为孝昭皇帝的后代,于是就派遣宗正、大鸿胪、光禄大夫等奉节出使,征召昌邑王来京主持孝昭皇帝的葬仪。可是,他着斩缞之服,却无悲哀之心,不遵循礼仪制度,在奔丧途中不吃素食,指使其属下抢劫女子,载于衣车之中,并将其带入所居旅舍之内淫乐。初到长安,与太后谒见,立为皇太子,常常私下购食鸡、豚。在昭帝的灵柩之前拜受皇帝信玺、行玺等物,回去就逐个打开观看试用,用毕又不封匣。他令属下持汉节将昌邑国内的官吏、驺宰和奴婢二百余人引入皇宫,并经常和他们在宫中嬉

鎏金银竹节铜熏炉 西汉室内陈设熏香除秽的器具。1981年出土于陕西省兴平县茂陵陪葬墓从葬坑。

戏。他自己到符节台取走汉节十六,每天早晚哭吊昭帝时都让他的侍从持节随行。他写了封玺书说:'皇帝问候侍中君卿:今特遣中御府令高昌携带黄金千斤前往,赐君以金,用它去娶十个女人吧。'孝昭皇帝的灵柩尚在前殿未葬,他就拿出乐府的乐器,召来昌邑国的乐师和演员,击鼓歌舞、吹拉弹唱,演滑稽戏。下葬之后便在前殿敲钟击磬。召来原先祭祀泰壹神庙的乐工,在辇道及牟首鼓吹歌舞,将祭神所用的乐曲全都演奏了一遍。他还下令将长安厨所有的三太牢祠具搬至阁室中祭祀鬼神,祀毕即和属下将祭品吃喝一空。他乘法驾,用皮轩鸾旗,在北宫、桂宫之中策马疾驰,弄彘斗虎。调用皇太后专用的小马及车辆供昌邑官奴们骑、坐,游戏于后宫。他还和孝昭皇帝的宫人蒙等奸淫为乱,并对掖庭令说,谁要是敢把这些事说出去,就处以腰斩之刑。"

【原文】

太后曰:"止!为人臣子当悖乱如是邪!"王离席伏。尚书令复读曰:

【译文】

太后喝道:"停!如此昏乱乖悖,怎么配为人臣人子!"昌邑王吓得离开坐席、拜伏于地。尚书令接着往下读:

【原文】

"取诸侯王、列侯、二千石绶及墨绶、黄绶以并佩昌邑郎官者免奴。变易节上黄旄以赤。发御府金钱、刀剑、玉器、彩缯,赏赐所与游戏者。与从官官奴夜饮,湛沔于酒。诏太官上乘舆食如故。食监奏未释服未可御故食,复诏太官趣具,无关食监。太官不敢具,即使从官出买鸡豚,诏殿门内,以为常。独夜设九宾温室,延见姊夫昌邑关内侯。祖宗庙祠未举,为玺书使使者持节,以三太牢祠昌邑哀王园庙,称嗣子皇帝。受玺以来二十七日,使者旁午,持节诏诸官署征发,凡千一百二十七事。文学光禄大夫夏侯胜等及侍中傅嘉数进谏以过失,使人簿责胜,缚嘉系狱。荒淫迷惑,失帝王礼谊,乱汉制度。臣敞等数进谏,不变更,日以益甚,恐危社稷,天下不安。

【译文】

"私自取出诸侯王、列侯、二千石官的绶带及黑绶、黄绶多条,让昌邑国的郎官和免奴们佩戴。将节上的黄色旄饰变为赤红色。将御府中的金钱、刀剑、玉器、彩丝等物随意赏赐给那些陪他游玩的人们。与他的从官、官奴们整夜聚饮、沉湎于酒。诏令太官供给皇帝的日常膳食,食监报告说,服丧期间不能如此,他又一次下诏让太官快办,不必报知食监。太官不敢准备,他便指使手下人出宫购买鸡、豚,命令各殿门不得阻拦,每天都是如此。有一天夜里,他在温室大设九宾之礼,单独会见其姐夫昌邑关内侯;列祖列宗的庙祠尚未举行,他却写下玺书,派遣使者持节外出,以三太牢之礼祭祀昌邑哀王的园庙,并自称为嗣子皇帝。从接受了皇帝玺印以后至今的二十七天当中,他派遣的使者纷纷进纷出,持节诏令各官署征发之事多达一千一百二十七件。文学光禄大夫夏侯胜等及侍中傅嘉屡次进谏,批评其过失,他派人罗列夏侯胜的罪状并加以审问,将傅嘉捆绑起来,关进监狱。总之,昌邑王的言行荒谬、淫乱、昏庸,丧失了帝王的礼仪,破坏了汉家的制度。臣敞等多次进谏,但他不仅毫不改正,而且还愈演愈烈。这样下去怕是要危及社稷,天下人都为此而不安。

【原文】

"臣敞等谨与博士臣霸、臣隽舍、臣德、臣虞舍、臣射、臣仓议,皆曰:'高皇帝建功业为汉太祖,孝文皇帝慈仁节俭为太宗,今陛下嗣孝昭皇帝后,行淫辟不轨。《诗》云:"籍曰未知,亦既抱子。"五辟之属,莫大不孝。周襄王不能事母,《春秋》曰"天王出居于郑",繇不孝出之,绝之于天下也。宗庙重于君,陛下未见命高庙,不可以承天序,奉祖宗庙,子万姓,当废。'臣请有司御史大夫臣谊、宗正臣德、太常臣昌与太祝以一太牢具,告祠高庙。臣敞等昧死以闻。"

【译文】

"臣敞等谨与博士臣霸、臣隽舍、臣德、臣虞舍、臣射、臣仓商议,他们都认为:'高皇帝建功立业故庙号为汉太祖,孝文皇帝慈仁节俭故庙号为汉太宗,现在陛下嗣为孝昭皇帝的后代,行为邪僻不轨。《诗经》上说:"籍曰未知，亦既抱子。'五刑之罪，莫重于不孝，古时周襄王不能善待母亲，《春秋》便书以"天子出居于郑"，以不孝之罪而驱出之，让天下人都与之相绝。宗庙重于国君，况且陛下还未到高庙祭告，所以他不能够承受天时，奉祀宗庙，为万民父母，应当废立。'臣请求有关部门的官吏陪同御史大夫臣谊、宗正臣德、太常臣昌与太祝一起到高庙，以一太牢的礼仪告祭高皇帝之灵。臣敞等冒死告诉您这些情况。"

黄霸

【原文】

皇太后诏曰："可。"光令王起拜受诏，王曰："闻天子有争臣七人，虽无道不失天下。"光曰："皇太后诏废，安得天子！"乃即持其手，解脱其玺组，奉上太后，扶王下殿，出金马门，群臣随送。王西面拜，曰："愚戆不任汉事。"起就乘舆副车。大将军光送至昌邑邸，光谢曰："王行自绝于天，臣等驽怯，不能杀身报德。臣宁负王，不敢负社稷。愿王自爱，臣长不复见左右。"光涕泣而去。群臣奏言："古者废放之人屏于远方，不及以政，请徙王贺汉中房陵县。"太后诏归贺昌邑，赐汤沐邑二千户。昌邑群臣坐亡辅导之谊，陷王于恶，光悉诛杀二百余人。出死，号呼市中曰："当断不断，反受其乱。"

【译文】

皇太后下诏说："同意大臣们的意见。"霍光让昌邑王起身拜受太后诏书，王说："我听说，如果天子身边有七位诤臣的话，即便他是无道之君，也不会失掉天下。"霍光说："皇太后已经下诏将你废黜了，还自称什么天子！"说罢就上前抓住昌邑王的手，解开他身上系宝玺的丝绳，拿下宝玺，捧着交给了太后。然后又搀扶昌邑王走下宫殿，群臣跟随送行，来到金马门外。昌邑王面西而拜，说道："愚戆之人，自然不堪主事汉廷。"言毕起身，坐上了乘舆副车。大将军霍光将王送到昌邑邸，然后向王道歉说："大王您是自绝于天下，臣等既无才又胆怯，不能杀身以报答您的恩德。我宁可有负于大王，也不敢有负于国家。希望大王多多珍重自己，臣从今以后不再与您相见了。"说完流着眼泪离开了昌邑邸。大臣们又建议说："古时候都把废立之人流放到远方边地，使他不干扰国家的政令。我们请求将昌邑王贺流徙到汉中郡房陵县。"太后下诏，让昌邑王还归昌邑，除去封国，另赐他汤沐邑二千户。昌邑群臣因为没有尽到辅佐之责，致使昌邑王犯下了罪行，所以都被处以死刑。这二百余人临死之前在市中大声呼喊："当断不断，反受其乱！"

【原文】

　　光坐庭中，会丞相以下议定所立。广陵王已前不用，及燕刺王反诛，其子不在议中。近亲唯有卫太子孙号皇曾孙在民间，咸称述焉。光遂复与丞相敞等上奏曰："《礼》曰'人道亲亲故尊祖，尊祖故敬宗'。大宗亡嗣，择支子孙贤者为嗣。孝武皇帝曾孙病已，武帝时有诏掖庭养视，至今年十八，师受《诗》、《论语》、《孝经》，躬行节俭，慈仁爱人，可以嗣孝昭皇帝后，奉承祖宗庙，子万姓。臣昧死以闻。"皇太后诏曰："可。"光遣宗正刘德至曾孙家尚冠里，洗沐赐御衣，太仆以轺猎车迎曾孙就斋宗正府，入未央宫见皇太后，封为阳武侯。已而光奉上皇帝玺绶，谒于高庙，是为孝宣皇帝。明年，下诏曰："夫褒有德，赏元功，古今通谊也。大司马大将军光宿卫忠正，宣德明恩，守节秉谊，以安宗庙。其以河北、东武阳益封光万七千户。"与故所食凡二万户。赏赐前后黄金七千斤，钱六千万，杂缯三万匹，奴婢百七十人，马二千匹，甲第一区。

【译文】

　　霍光坐于厅堂之中，召集丞相以下官员讨论拥立新的皇帝。广陵王已被舍而不用，燕王旦因谋反自杀，其子弟便不在考虑之中。皇室近亲就只剩下号称皇曾孙的卫太子之孙，此人生活在民间，与会者都认为他是合适的人选。于是，霍光便又一次与丞相杨敞等人上书皇太后，奏书说："《礼》上有言：'人道亲亲故尊祖，尊祖故敬宗'，大宗如果没有继承人，可以从旁支的贤能子孙中选择后继。孝武皇帝的曾孙病已，武帝曾下令由掖庭收养，而今已经十八岁了。拜师学习了《诗》、《论语》、《孝经》。躬行节俭，慈仁爱人，可以作为孝昭皇帝的后代，奉承祖先的宗庙，君临天下。臣昧死以闻。"皇太后下诏同意。霍光便派遣宗正刘德来到尚冠里皇曾孙的家里，令其洗濯沐浴，赏赐给他御衣。太仆用轻猎车将曾孙迎接至宗正府斋戒。随后来到未央宫朝见皇太后，被封为阳武侯。霍光即刻献上皇帝的玺印和绶带，带他参拜了高祖之庙，这就是孝宣皇帝。宣帝即位的第二年，颁发诏书说："褒奖有德之人，赏赐有功之臣，是古往今来的通义。大司马大将军霍光在宫禁之中值宿警卫，忠诚正直，德美恩厚；守臣节，秉大义，使国家安定。今增霍光封户一万七千户，从河北、东武阳两地出。"连同先前所封，共二万户。前后赏赐的黄金多达七千斤，另有钱六千万，杂缯三万匹，奴婢一百七十人，马二千匹，上等的住宅一区。

【原文】

自昭帝时，光子禹及兄孙云皆中郎将，云弟山奉车都尉、侍中，领胡越兵。光两女婿为东西宫卫尉，昆弟诸婿外孙皆奉朝请，为诸曹大夫、骑都尉、给事中。党亲连体，根据于朝廷。光自后元秉持万机，及上即位，乃归政。上谦让不受，诸事皆先关白光，然后奏御天子。光每朝见，上虚己敛容，礼下之已甚。

【译文】

自昭帝时起，霍光的儿子霍禹及霍光兄长之孙霍云都已官至中郎将，霍云的弟弟霍山为奉车都尉、侍中，统领胡越兵。霍光的两个女婿分别担任东、西宫的卫尉，其近房、远房的兄弟、诸女婿及外孙也分别官为骑都尉、诸曹大夫、给事中等，都可以参与朝会。霍氏党亲连体，盘根错节地控制了朝廷各个要害部门。霍光从后元二年起便专断朝政，待宣帝即位之后，霍光便想将行政权交还给他。宣帝谦让再三，不肯受政，所有的政事都要先请示霍光，然后才报告天子。每次霍光来朝见，宣帝都恭恭敬敬地接待他，对他非常尊重和礼貌。

【原文】

光秉政前后二十年，地节二年春病笃，车驾自临问光病，上为之涕泣。光上书谢恩曰："愿分国邑三千户，以封兄孙奉车都尉山为列侯，奉兄票骑将军去病祀。"事下丞相、御史，即日拜光子禹为右将军。

光薨，上及皇太后亲临光丧。太中大夫任宣与侍御史五人持节护丧事。中二千石治莫府冢上。赐金钱、缯絮、绣被百领，衣五十箧，璧珠玑玉衣，梓宫、便房、黄肠题凑各一具，枞木外藏椁十五具。东园温明，皆如乘舆制度。载光尸柩以辒辌车，黄屋左纛，发材官轻车北军五校士军陈至茂陵，以送其葬。谥曰宣成侯。发三河卒穿复土，起冢祠堂，置园邑三百家，长丞奉守如旧法。

【译文】

霍光执掌朝政先后二十年，地节二年春天，他的病势加重。宣帝亲自到家中探视问候，看到他病得厉害，还落了泪。霍光上书宣帝谢恩说："我愿意从国邑中分出三千户，请将我哥哥的孙子奉车都尉霍山封为列侯，以使我哥哥骠骑将军去病得到祭祀。"宣帝请丞相、御史大夫处理此事，并在接到上书的当天，拜霍光之子霍禹为右将军。

霍光去世之后，宣帝和皇太后都亲来吊唁，还派太中大夫任宣与五名侍御史持节监护督办丧事。朝廷中的二千石级官员还专门设置一临时机构，负责霍光坟墓的修筑。宣帝赐给霍家许多金钱和缯絮，还有一百领绣被和五十箧衣服。赐给霍家镶有美玉玑珠的玉衣、梓宫、便房、黄肠题凑各一具，枞木外藏椁十五具。东园温明，一切都是按照皇帝葬制的规格。出葬时用辒辌车装载霍光的尸柩，黄屋左纛，调发材官、战车及北军五个营的士兵列阵至于茂陵。赐霍光谥号为宣成侯。征发三河戍卒掘坑挖土，堆筑坟冢，建造祠堂，安置三百户人家由长丞负责，依例为霍光看家守园。

董贤传

【题解】

董贤，西汉云阳（今陕西淳化）人，字圣卿，汉哀帝的男宠。哀帝为太子时就是其属官，哀帝继位后，见董贤长相美丽，又善于自媚，遂拜为黄门郎。哀帝对其极为宠爱，寝同卧，出同车，任董贤父为卿，妹妹为昭仪。董贤的官职也因此一路飙升，二十二岁便官至大司马卫将军。哀帝去世后，王莽奉太后命辅政，董贤被迫自杀。

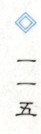

【原文】

　　董贤字圣卿，云阳人也。父恭，为御史，任贤为太子舍人。哀帝立，贤随太子官为郎。二岁余，贤传漏在殿下，为人美丽自喜，哀帝望见，说其仪貌，识而问之，曰："是舍人董贤邪？"因引上与语，拜为黄门郎，由是始幸。问及其父为云中侯，即日征为霸陵令，迁光禄大夫。贤宠爱日甚，为驸马都尉侍中，出则参乘，入御左右，旬月间赏赐累巨万，贵震朝廷。常与上卧起。尝昼寝，偏籍上袖，上欲起，贤未觉，不欲动贤，乃断袖而起。其恩爱至此。贤亦性柔和便辟，善为媚以自固。每赐洗沐，不肯出，常留中视医药。上以贤难归，诏令贤妻得通引籍殿中，止贤庐，若吏妻子居官寺舍。又召贤女弟以为昭仪，位次皇后，更名其舍为椒风，以配椒房云。昭仪及贤与妻旦夕上下，并侍左右。赏赐昭仪及贤妻亦各千万数。迁贤父为少府，赐爵关内侯，食邑，复徙为卫尉。又以贤妻父为将作大匠，弟为执金吾。诏将作大匠为贤起大第北阙下，重殿洞门，木土之功穷极技巧，柱槛衣以绨锦。下至贤家僮仆皆受上赐，及武库禁兵，上方珍宝。其选物上弟尽在董氏，而乘舆所服乃其副也。及至东园秘器，珠襦玉柙，豫以赐贤，无不备具。又令将作为贤起冢茔义陵旁，内为便房，刚柏题凑，外为徼道，周垣数里，门阙罘罳甚盛。

【译文】

　　董贤字圣卿，云阳人。其父名董恭，为御史。董贤担任太子舍人。哀帝登基，董贤随太子按惯例迁升为郎官。两年后，董贤在殿下报时刻，他长得漂亮，令人喜爱。哀帝远远望见他，喜欢他的仪表外貌，看着他问道："你是太子舍人董贤吗？"于是他被召至殿上谈话，官拜黄门郎，从此开始得宠。哀帝问知其父为云中侯，当天就调任为霸陵县令，并提升为光禄大夫。皇帝一天比一天地宠爱董贤，任命他当了附马都尉侍中，出则为皇上御马驾车，上殿则侍候在皇上左右，十几天间赏赐累计过万，地位的显贵震动了朝廷。董贤常常与皇上同起卧。一次昼寝，他身子压住了皇上的衣袖，皇上想起来，他没有醒，皇上不想惊动他，于是就割断袖子起身。皇上和他恩爱到了这种程度。董贤性情也很温柔邪僻，善于谄媚邀宠以巩固自己的地位。每至许假休息，他都不肯外出，常常留在皇帝身边侍候。皇上因为董贤难得回家，便诏令董贤妻子暂时住在宫中，在董贤的休息处夜宿，如同官吏们的妻子住在官署宿舍一样。皇上又诏令董贤的妹妹为昭仪，地位仅次于皇后，给她的房舍取名椒风，以便和皇后的椒房匹配。昭仪和董贤、董贤妻早晚上下宫殿，共同侍候在皇上左右。皇上分别向昭仪及董

汉代青铜蒸馏器

贤妻赏赐钱千万，提升董贤的父亲任少府，赐给他关内侯的爵位，赏给食邑，又迁升他为卫尉。随后又让董贤的岳父当了将作大匠，让其弟任执金吾。皇上诏令将作大匠在北宫后面为董贤建造豪华的府第，殿阁重迭，门户相对，土木之功极尽精巧之能事，用绨锦披挂在柱子的轩阑板上。下至董贤的家童奴仆皆受上等的赏赐，连武库中的兵器、皇上御用的珍宝均属赏赐之物。选贡的各种物品中上等的都归董氏，皇上及皇室所用的却是次一等的。以至于东园库房中的棺椁、珠子串成的短衣、敛尸的玉衣都预先赐给董贤，真可谓应有尽有。皇上又命令将作大匠在义陵旁边为董贤建造坟茔，里面有休息用的安适的房屋，用坚实的柏木集成尖盖形作屋顶，外面有巡察的道路，四周的围墙数里长，门阙上屏障十分讲究。

【原文】

上欲侯贤而未有缘。会待诏孙宠、息夫躬等告东平王云后谒祠祀祝诅，下有司治，皆伏其辜。上于是令躬、宠为因贤告东平事者，乃以其功下诏封贤为高安侯，躬宜陵侯，宠方阳侯，食邑各千户。顷之，复益封贤二千户。丞相王嘉内疑东平事冤，甚恶躬等，数谏争，以贤为乱国制度，嘉竟坐言事下狱死。

【译文】

皇上想赐予董贤侯的爵位而没有借口，恰逢待诏孙宠、息夫躬等告发东平王云谒祭祀时迟到并且诅咒祖先，交给官员审理，全都认罪。皇上于是让息夫躬、孙宠说是通过董贤才告发了东平王的，便根据他们的功绩，下诏封董贤为高安侯，封息夫躬为宜陵侯，封孙宠为方阳侯，分别赏赐食邑各千户。不久，又增加封赏二千户给董贤。丞相王嘉怀疑东平王事件是冤案，非常厌恶息夫躬等，屡次谏争，认为董贤破坏国家制度，王嘉竟然因谏争被下狱而死。

【原文】

　　上初即位，祖母傅太后、母丁太后皆在，两家先贵。傅太后从弟喜先为大司马辅政，数谏，失太后指，免官。上舅丁明代为大司马，亦任职，颇害贤宠，及丞相王嘉死，明甚怜之。上浸重贤，欲极其位，而恨明如此，遂册免明曰："前东平王云贪欲上位，祠祭祝诅，云后舅伍宏以医待诏，与校秘书郎杨闳结谋反逆，祸甚迫切。赖宗庙神灵，董贤等以闻，咸伏其辜。将军从弟侍中奉车都尉吴、族父左曹屯骑校尉宣皆知宏及棽丹诸侯王后亲，而宣除用丹为御属，吴与宏交通厚善，数称荐宏。宏以附吴得兴其恶心，因医技进，几危社稷，朕以恭皇后故，不忍有云。将军位尊任重，既不能明威立义，折消未萌，又不深疾云、宏之恶，而怀非君上，阿为宣、吴，反痛恨云等扬言为群下所冤，又亲见言伍宏善医，死可惜也，贤等获封极幸。嫉妒忠良，非毁有功，於戏伤哉！盖'君亲无将，将而诛之'。是以季友鸩叔牙，《春秋》贤之；赵盾不讨贼，谓之弑君。朕闵将军陷于重刑，故以书饬。将军遂非不改，复与丞相嘉相比，令嘉有依，得以罔上。有司致法将军请狱治，朕惟噬肤之恩未忍，其上票骑将军印绶，罢归就第。"遂以贤代明为大司马卫将军，册曰："朕承天序，惟稽古建尔于公，以为汉辅。往悉尔心，统辟元戎，折冲绥远，匡正庶事，允执其中。天下之众，受制于朕，以将为命，以兵为威，可不慎与！"是时贤年二十二，虽为三公，常给事中，领尚书，百官因贤奏事。以父恭不宜在卿位，徙为光禄大夫，秩中二千石。弟宽信代贤为驸马都尉。董氏亲属皆侍中诸曹奉朝请，宠在丁、傅之右矣。

【译文】

　　哀帝刚登基，祖母傅太后、母亲丁太后皆在世，傅、丁两家先尊贵。傅太后的堂弟傅喜先前是大司马，辅佐朝政，屡次谏言，不合太后意旨，被罢官。

哀帝的舅舅丁明接替了大司马的职务,也在职,非常忌妒董贤受宠,当丞相王嘉死的时候,丁明很同情他。哀帝日益器重董贤,打算让他登上最高的官位,又恨丁明这样碍事,于是下册书免去丁明的官职,册书上写道:"以前东平王刘云贪图皇位,祭祀时诅咒皇上,刘云妻子的舅舅伍宏凭医术待诏,和校书郎杨闳勾结,图谋反叛,为害甚为严重。有赖于宗庙神灵保佑,董贤等人向上报告,他们才全都伏法。丁将军堂弟侍中奉车都尉丁吴、伯父左曹屯骑校尉丁宣都知道伍宏和棚丹诸侯王后相亲近,而丁宣又任用棚丹为御用从属,丁吴与伍宏交往很深,多次称赞举荐伍宏。伍宏因为依附丁吴而得以有机会实现其险恶的用心,利用医术晋升,几乎扰乱了国政,朕因恭皇后是至亲的缘故,不忍惩罚。丁将军地位尊贵,责任重大,既不能彰明威严树立正义,消除未萌芽的祸患,又不痛恨刘云、伍宏的罪恶,反而怀着非难君上之心,讨好丁宣、丁吴,深为刘云等人痛惜,扬言说刘云等人是为大臣们所冤屈,又亲自见朕,说伍宏擅长医道,处死太可惜,董贤等受封乃过于宠幸。忌妒忠良,诽谤有功的大臣,唉!令人何等伤心啊!俗话说'君王身边没有将要谋反的,如果有就要诛杀他'。所以鲁大夫季友毒死了拥戴庆父的叔牙,《春秋》称颂他;晋大夫赵盾从边境返回见赵穿攻灵公于桃园,却不讨伐逆臣,史臣说赵盾弑君。朕不想让丁将军陷于重刑,故下文书告诫你。将军仍旧坚持错误不加改正,又与丞相王嘉相勾结,使王嘉有依靠,敢于目无君上。朝廷官员要依法将丁将军下狱治罪,朕念及亲戚之情不忍这样做,还是交出骠骑将军的大印和丝带,罢官回家吧。"皇上于是让董贤代替丁明任大司马卫将军,下册书说:"朕仰承天意,仿古制把你提举到三公之位,成为汉室的辅佐大臣。要尽你的全部心力,统领君主的大众,抵御外侮安定远方,扶正众事,办事执中公正。天下之众,为朕所制,以将领为总指挥,以士兵为威武之力,可得谨慎呀!"这时董贤年二十二岁,虽位居三公,而常常在宫中办公务,兼管尚书事务,百官都通过董贤向上奏书。因董贤父恭不适宜居卿位,便迁升为光禄大夫,为秩中二千石的级别。其弟董宽信代替董贤任驸马都尉。董氏亲属都当上了诸曹官员并奉朝请,尊宠均在丁、傅两族之上。

【原文】

明年,匈奴单于来朝,宴见,群臣在前。单于怪贤年少,以问译,上令译报曰:"大司马年少,以大贤居位。"单于乃起拜,贺汉得贤臣。

【译文】

第二年,匈奴单于来朝见哀帝,哀帝设宴召见,群臣在场。单于对董贤如此年轻感到奇怪,便问翻译,哀帝令翻译回答说:"大司马年少,因为大贤而居高位。"单于于是起身拜谢,祝贺汉朝得到贤臣。

【原文】

初,丞相孔光为御史大夫,时贤父恭为御史,事光。及贤为大司马,与光并为三公,上故令贤私过光。光雅恭谨,知上欲尊宠贤,及闻贤当来也,光警戒衣冠出门待,望见贤车乃却入。贤至中门,光入阁,既下车,乃出拜谒,送迎甚谨,不敢以宾客均敌之礼。贤归,上闻之喜,立拜光两兄子为谏大夫常侍。贤由是权与人主侔矣。

【译文】

当初,丞相孔光任御史大夫,董贤之父任御史,事奉孔光。到董贤任大司马时,和孔光并列为三公,哀帝故意让董贤私下拜访孔光。孔光文雅谨慎,知道哀帝想尊宠董贤,听说董贤要来时,孔光布置警戒,整齐衣冠,出门等待,望见董贤车骑队伍后便退到里面。董贤到了中门,孔光退入阁,董贤下车后,孔光便出面拜见,送迎都十分谨慎,不敢用和接待普通宾客相同的礼仪。董贤回去,哀帝听说这些很高兴,立即任命孔光两兄之子为谏大夫常侍。董贤从此权势与君主几乎相等。

【原文】

是时,成帝外家王氏衰废,唯平阿侯谭子去疾,哀帝为太子时为庶子得幸,及即位,为侍中、骑都尉。上以王氏亡在位者,遂用旧恩亲近去疾,复进其弟闳为中常侍。闳妻父萧咸,前将军望之子也,久为郡守,病免,为中郎将。兄弟并列,贤父恭慕之,欲与结婚姻。闳为贤弟驸马都尉宽信求咸女为妇,咸惶恐不敢当,私谓闳曰:"董公为大司马,册文言'允执其中',此乃尧禅舜之文,非三公故事,长老见者,莫不心惧。此岂家人子所能堪邪！"闳性有知略，闻咸言，心亦悟。乃还报恭，深达咸自谦薄之意。恭叹曰："我家何用负天下，而为人所畏如是！"意不说。后上置酒麒麟殿，贤父子亲属宴饮，王闳兄弟侍中、中常侍皆在侧。上有酒所，从容视贤笑，曰："吾欲法尧禅舜，何如？"闳进曰："天下乃高皇帝天下，非陛下之有也。陛下承宗庙，当传子孙于亡穷。统业至重，天子亡戏言！"上默然不说，左右皆恐。于是遣闳出，后不得复侍宴。

【译文】

　　这时，汉成帝外婆家王氏失势了，只有平阿侯王谭之子王去疾，因是哀帝为太子时的旧臣而得宠，哀帝即位后，任侍中骑都尉。哀帝认为王氏无在官位的人，因此便因往日的恩宠亲近去疾，又提升他的弟弟王闳为中常侍。王闳的岳父萧咸是前将军萧望之的儿子，长期任郡太守，因病免官，又被任为中郎将。兄弟并列为官，董贤父董恭仰慕他们，打算和他们联姻。王闳替董贤弟驸马都尉董宽信向萧咸求婚，萧咸惶恐不敢当，私下对王闳说："董公是大司马，册文说：'办事执中公正'，这是尧禅让于舜的文字，不是三公的典制，长辈老人们听说，无不心里害怕。这难道是普通人所能担当的吗！"王闳有智谋，听了萧咸的话，心里明白，便向董恭回话，转达萧咸自我谦卑的意思。董恭感叹说："我家有什么对不起天下的人呢，让人家害怕到这种程度！"心里很不高兴。哀帝后来在麒麟殿摆酒宴，董贤父子及亲属都被请来宴饮，王闳兄弟侍中、中常侍都在一旁。哀帝几杯酒下肚，望着董贤笑，说："我想效法尧让位给舜，怎么样？"王闳进言说："天下是高皇帝打下来的，不是陛下私有的，陛下继承刘氏宗庙祭祀的权力，应当子子孙孙无穷无尽往下传。皇统大业至关重大，天子不能有戏言！"哀帝沉默不语，不高兴，左右都很惶恐。哀帝于是派人把王闳赶出去，以后不能再陪侍皇上宴饮。

汉代玉熊

【原文】

　　贤第新成，功坚，其外大门无故自坏，贤心恶之。后数月，哀帝崩。太皇太后召大司马贤，引见东厢，问以丧事调度。贤内忧,不能对,免冠谢。太后曰:"新都侯莽前以大司马奉送先帝大行,晓习故事,吾令莽佐君。"贤顿首幸甚。太后遣使者召莽。既至,以太后指使尚书劾贤帝病不亲医药,禁止贤不得入出宫殿司马中。贤不知所为,诣阙免冠徒跣谢。莽使谒者以太后诏即阙下册贤曰:"间者以来,阴阳不调,灾害并臻,元元蒙辜。夫三公,鼎足之辅也,高安侯贤未更事理,为大司马不合众心,非所以折冲绥远也。其收大司马印绶,罢归第。"即日贤与妻皆自杀,家惶恐夜葬。莽疑其诈死,有司奏请发贤棺,至狱诊视。莽复风大司徒光奏:"贤质性巧佞,翼奸以获封侯,父子专朝,兄弟并宠,多受赏赐,治第宅,造冢圹,放效无极,不异王制,费以万万计,国家为空虚。父子骄蹇,至不为使者礼,受赐不拜,罪恶暴著。贤自杀伏辜,死后父恭不悔过,乃复以沙画棺四时之色,左苍龙,右白虎,上著金银日月,玉衣珠璧以棺,至尊无以加。恭等幸得免于诛,不宜在中土。臣请收没入财物县官。诸以贤为官者皆免。"父恭、弟宽信与家属徙合浦,母别归故郡巨鹿。长安中小民讙哗,乡其弟哭,几获盗之。县官斥卖董氏财凡四十三万万。贤既见发,裸诊其尸,因埋狱中。

【译文】

　　董贤的宅第刚落成,修建得十分坚固,可外大门却无缘无故自己坏了,董贤心里十分厌恶。几个月之后,哀帝驾崩。太皇太后召大司马董贤到东厢殿见,询问哀帝丧葬之事的安排。董贤内心不安,不能对答,去掉头冠以示谢罪。太后说:"新都侯王莽先前以大司马身份奉送过先帝灵柩,通晓典制,我令王莽帮助你。"董贤叩头感谢。太后派使者召王莽。到了之后,王莽借太后的名义让尚书弹劾董贤在哀帝患病时不亲侍汤药,禁止董贤再出入宫殿司马官署中。董贤不知所措,免冠赤脚到宫中谢罪。王莽派谒者用太后的诏书到宫中下册书说:"近来阴阳不调,灾害到处发生,百姓遭难。三公之位,鼎足辅佐之臣,高安侯董贤未去处理,任大司马之要职却不合众人之心,没能履行抵御外侮、安

定远方的责任。收回大司马的印和绶带，免官归家。"当日，董贤和妻子便一起自杀了，家人恐慌，连夜埋葬。王莽怀疑董贤诈死，执事的官吏上奏请求开棺，到狱中察看。王莽又暗示大司徒孔光上奏书说："董贤品行乖巧善谄媚，进奸邪得以封侯，父子专擅朝政，兄弟一并得宠，多受赏赐，修建府第，建造坟茔，效仿皇上不加节制，和王制没有区别，耗费的钱万万计，国库变得空虚。父子骄横愚蠢，以至于不以礼接待前来的天子使者，受赏赐不拜谢，罪恶昭彰。董贤自杀伏法，死后其父董恭等人仍不思悔过，竟用朱砂在棺椁上涂出四季颜色，左画青龙，右画白虎，上盖上画金银日月之图，将玉衣珠璧入敛棺中，至尊无以复加。董恭等人幸免一死，不宜在都城居住。臣请没收其财物归官家。各个凭借董贤的势力封官的皆罢免。"董贤父董恭、弟董宽信与家属迁往合浦，其母另行回到故郡巨鹿。长安中小民骚动哗然，佯装去董宅哭悼，希望能趁机窃取财物。官府变卖董家财产，累计四十三亿钱，董贤被掘出来后，裸体验尸，顺便埋在狱中。

【原文】

贤所厚吏沛朱诩自劾去大司马府，买棺衣收贤尸葬之。王莽闻之大怒，以它罪击杀诩。诩子浮建武中贵显，至大司马、司空，封侯。而王闳，王莽时为牧守……莽败乃去官。世祖下诏曰："武王克殷，表商容之闾。闳修善谨敕，兵起，吏民独不争其头首。今以闳子补吏。"至墨绶卒官，萧咸外孙云。

【译文】

曾被董贤厚爱的沛国人朱诩自我弹劾离开大司马府，买了棺材、寿衣收殓董贤的尸体，重新做了安葬。王莽听说后大怒，以其他的罪名杀死了朱诩。朱诩的儿子朱浮在建武年间非常显赫尊贵，官职升到大司马、大司空，并封了爵位。而王闳在王莽时当了牧守……王莽败亡后去职。世祖刘秀颁布诏令说："周武王灭亡了殷朝，但却在商容所在的闾里对他进行了表彰。王闳平时行善谨慎，反莽义军兴起后，官吏百姓独独没有去争着斩杀他的头颅。现在决定让王闳之子补任官职。"王闳子官至墨绶，死在任上，这些是萧咸的外孙说的。

王 莽 传

【题解】

　　王莽(前45—23),新朝皇帝。字巨君,魏郡元城(今河北大名东)人。汉元帝皇后王政君侄。前16年封新都侯。前8年任大司马。哀帝时罢官。哀帝死,王政君以太皇太后临朝称制,复任为大司马,与议立平帝,进封安汉公。5年,平帝死后,选立年仅两岁的孺子婴,自称假皇帝。8年自立为帝,改国号为"新"。23年,绿林军攻入长安,被商人杜吴砍死。

【原文】

　　王莽字巨君,孝元皇后之弟子也……莽独孤贫,因折节为恭俭。受《礼经》,师事沛郡陈参,勤身博学,被服如儒生。事母及寡嫂,养孤兄子,行甚敕备。又外交英俊,内事诸父,曲有礼意。阳朔中,世父大将军凤病,莽侍疾,亲尝药,乱首垢面,不解衣带连月。凤且死,以托太后及帝,拜为黄门郎,迁射声校尉。

【译文】

　　王莽字巨君,是孝元皇后弟弟的儿子……王莽从小失去了父亲而家境贫穷,因此屈己对人,恭敬俭朴。王莽拜沛郡陈参为师,学习《礼经》,勤奋学习,知识渊博,穿戴与一般读书人相同。他侍奉母亲和守寡的嫂嫂,抚养哥哥去世后留下的侄子,行为很检点谨慎,又在社会上结交英雄俊杰,在家族中侍奉伯父、叔父,礼貌周到。阳朔年间,伯父大将军王凤身患重病,王莽伺候他,亲自熬尝汤药,连续几月顾不上梳头洗脸,和衣而睡。王凤将要去世时,把王莽托附给王太后和成帝,任命王莽为黄门郎,后来又提升为射声校尉。

王 莽

【原文】

是时，太后姊子淳于长以材能为九卿，先进在莽右。莽阴求其罪过，因大司马曲阳侯根白之，长伏诛，莽以获忠直……

【译文】

这时，太后姐姐的儿子淳于长因有才能列位九卿，先被提升，位在王莽之上。王莽暗中罗织他的罪行过失，由大司马曲阳侯王根告发了淳于长，淳于长伏法被诛，王莽却因此事获得了忠诚正直的名声……

【原文】

辅政岁余，成帝崩，哀帝即位，尊皇太后为太皇太后。太后诏莽就第，避帝外家。莽上疏乞骸骨，哀帝遣尚书令诏莽曰："先帝委政于君而弃群臣，朕得奉宗庙，诚嘉与君同心合意。今君移病求退，以著朕之不能奉顺先帝之意，朕甚悲伤焉。已诏尚书待君奏事。"又遣丞相孔光、大司空何武、左将军师丹、卫尉傅喜白太后曰："皇帝闻太后诏，甚悲。大司马即不起，皇帝即不敢听政。"太后复令莽视事。

【译文】

王莽辅佐朝政一年多，成帝就驾崩了，由哀帝继承皇位，尊皇太后为太皇太后。王太后下令叫王莽辞职回家，让权给哀帝的祖母家和母亲家。王莽上奏请求退休，哀帝派尚书令下诏书对王莽说："先帝将朝政委托给您就去世了，我得以继承皇位，真诚地希望能与您同心同德。现在您称病请求引退回家，显得我不能尊奉顺从先帝的旨意，我很难过。我已诏令尚书等待您去主事。"哀帝又派丞相孔光、大司空何武、左将军师丹、卫尉傅喜去告诉王太后说："皇帝听说太后诏令王莽的事，很难过，大司马如果不出来主事，皇帝就不敢主持政务。"太后又命令王莽上朝处理政务。

【原文】

莽杜门自守，其中子获杀奴，莽切责获，令自杀。在国三岁，吏上书冤讼莽者以百数。元寿元年，日食,贤良周护、宋崇等对策深颂莽功德,上于是征莽。

【译文】

　　王莽回到封国后,闭门不出,他的二儿子王获杀死了奴仆,王莽痛责王获,令他自杀。在封国住了三年,官员中上书为王莽鸣冤叫屈的人数以百计。元寿元年,出现日食现象,贤良之士周护、宋崇等人在对答皇帝的策问中极力称颂王莽的功绩,皇上因此征召王莽进京。

【原文】

　　莽还京师岁余,哀帝崩,无子,而傅太后、丁太后皆先薨,太皇太后即日驾之未央宫收取玺绶,遣使者驰召莽。诏尚书,诸发兵符节,百官奏事,中黄门、期门兵皆属莽。莽白:"大司马高安侯董贤年少,不合众心,收印绶。"贤即日自杀。太后诏公卿举可大司马者,大司徒孔光、大司空彭宣举莽,前将军何武、后将军公孙禄互相举。太后拜莽为大司马,与议立嗣。安阳侯王舜,莽之从弟,其人修饬,太后所信爱也,莽白以舜为车骑将军,使迎中山王奉成帝后,是为孝平皇帝。帝年九岁,太后临朝称制,委政于莽。莽白赵氏前害皇子,傅氏骄僭,遂废孝成赵皇后、孝哀傅皇后,皆令自杀。

【译文】

　　王莽回到京城后一年多,哀帝驾崩,没有儿子,而傅太后、丁太后都在此之前先去世了。太皇太后当天就赶到未央宫收取了皇帝的印章,派使者骑上快马,召来王莽。诏令尚书:所有调集军队的符节,众官员上朝奏事,宫中的太监、期门亲兵都归王莽管制。王莽禀报说:"大司马高安侯董贤太年轻了,不孚众望,应该收缴他的印绶。"董贤当天就自杀了。太后下诏令公卿推举可以任大司马的人,大司徒孔光、大司空彭宣推举王莽,前将军何武、后将军公孙禄互相推举。太后任命王莽为大司马,与他商议确立皇位继承人。安阳侯王舜是王莽的堂弟,他

绿釉水波纹陶壶

为人善良谨慎，是王太后所信任宠爱的人，王莽建议王舜任车骑将军，派他迎接中山王来京作为成帝的后嗣，继承帝位，这就是孝平皇帝。平帝当时年仅九岁，太后临朝代皇帝行使皇权，将朝政委托给王莽处理。王莽提出赵氏以前杀害皇子，傅氏骄横越权，于是就废黜了孝成帝的赵皇后和孝哀帝的傅皇后，下令让她们自杀。

【原文】

　　于是附顺者拔擢，忤恨者诛灭。王舜、王邑为腹心，甄丰、甄邯主击断，平晏领机事，刘歆典文章，孙建为爪牙。丰子寻、歆子棻、涿郡崔发、南阳陈崇皆以材能幸于莽。莽色厉而言方，欲有所为，微见风采，党与承其指意而显奏之，莽稽首涕泣，固推让焉，上以惑太后，下用示信于众庶。

【译文】

　　于是依附顺从王莽的人都得到提拔，违逆怨恨他的人就遭到诛灭。王舜、王邑成为他的心腹，甄丰、甄邯主管纠察、狱讼，平晏掌握机密事务，刘歆主管典章制度，孙建成了他的助手。丰子寻、刘歆的儿子棻、涿郡人崔发、南阳郡的陈崇都因为有才能而得到王莽赏识。王莽脸色严厉，说话一本正经，想要办成什么事，只需稍微表露一点意思，党羽们就能秉承他的旨意而向上奏言，王莽就叩首流泪，坚决推辞谦让，用这种方法来对上迷惑太后，对下向众人显示自己诚实。

【原文】

　　始，风益州令塞外蛮夷献白雉，元始元年正月，莽白太后下诏，以白雉荐宗庙。群臣因奏言太后："委任大司马莽定策安宗庙。故大司马霍光有安宗庙之功，益封三万户，畴其爵邑，比萧相国。莽宜如光故事。"太后问公卿曰："诚以大司马有大功当著之邪？将以骨肉故欲异之也？"于是群臣乃盛陈："莽功德致周成白雉之瑞，千载同符。圣王之法，臣有大功则生有美号，故周公及身在而托号于周。莽有定国安汉家之大功，宜赐号曰安汉公，益户，畴其爵邑，上应古制，下准行事，以顺天心。"太后诏尚书具其事。

【译文】

当初，王莽暗示益州的官员叫塞外的少数民族向朝廷敬献白色的野鸡。元始元年正月，王莽建议王太后下诏令，用白色的野鸡来敬献宗庙。大臣们于是奏告太后说："委任大司马王莽决策，拥立了新皇帝，使国家得以安定。过去大司马霍光建立了安定国家的功劳，增加封邑三万户，子孙可以全部继承爵位封邑，与萧相国同等待遇。应该像从前对待霍光那样对待王莽。"太后问公卿们说："真是因为大司马建立了很大的功劳应当表彰呢？还是因为他与我有骨肉亲情的原因而特殊奖赏他呢？"于是群臣就极力陈述："王莽的功德引来了像周成王时塞外少数民族敬献白野鸡的祥瑞，千年之间出现相同的符命。依照圣明君王的法则，臣子立了大功就应该在他活着的时候赐给他美好的称号，所以周公还活着的时候就赐以周朝的国号作他的称号。王莽有安定国家、安定汉朝的大功，应该赐号'安汉公'，并增加他的邑户，使他的子孙继承全部爵位和封邑，这样做既符合古人制定的法规，又能为以后行事树立起准则，以顺从天意。"太后诏令尚书具体讨论这件事。

【原文】

于是莽为惶恐，不得已而起受策。策曰："汉危无嗣，而公定之；四辅之职，三公之任，而公干之；群僚众位，而公宰之。功德茂著，宗庙以安，盖白雉之瑞，周成象焉。故赐嘉号曰安汉公，辅翼于帝，期于致平，毋违朕意。"莽受太傅安汉公号，让还益封畴爵邑事，云愿须百姓家给，然后加赏。

【译文】

于是王莽做出诚惶诚恐的样子，不得已而上朝接受了策书。策书上说："正当汉朝处于危难、没有皇帝之时，是您使这局势转危为安；四辅之职的政事，三公的重任，是您在主持；众多的官职安排，是您做出决定。您的功德无量，国家有了您才得以定安，出现白雉的祥瑞，是周公辅佐成王的象征。所以赐给您美好的称号叫'安汉公'，期望您辅佐皇帝，实现天下太平，不要违背朕的心意。"王莽接受了赐给他的太傅之职和"安汉公"的称号，推让增封的食邑

和子孙享有继承全部爵邑的特权等事，说是希望等到家家百姓都富足之后，再受加赏。

【原文】

莽既说众庶，又欲专断，知太后厌政，乃风公卿奏言："往者，吏以功次迁至二千石，及州部所举茂材异等吏，率多不称，宜皆见安汉公。又太后不宜亲省小事。"令太后下诏曰："皇帝幼年，朕且统政，比加元服。今众事烦碎，朕春秋高，精气不堪，殆非所以安躬体而育养皇帝者也。故选忠贤，立四辅，群下劝职，永以康宁。孔子曰：'巍巍乎，舜、禹之有天下而不与焉！'自今以来，惟封爵乃以闻。他事，安汉公、四辅平决。州牧、二千石及茂材吏初除奏事者，辄引入至近署对安汉公，考故官，问新职，以知其称否。"于是莽人人延问，致密恩意，厚加赠送，其不合指，显奏免之，权与人主侔矣。

【译文】

王莽已经取得了众人的好感，还想独断专行，他知道太后厌倦政事，就暗示三公九卿们进言说："以前，小的官员因累积功绩而俸禄已升到二千石的等级，以及各州部推选举荐的秀才和异等秀才出身的官员，大多不称职，应该让他们都来参见安汉公。另外，太后不宜亲自过问小事。"让太后下诏令说："皇帝现在年幼，我暂且统领朝政，直到皇帝加冠成年。如今事务太多，又很烦琐，我年事已高，精力不堪胜任，恐怕这样下去不是保养身体和教育培养皇帝的办法。所以选择忠诚贤能的人才，设立四辅之职，让百官尽职尽责，永远保持健康安宁。孔

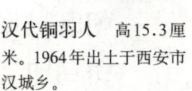

汉代铜羽人　高15.3厘米。1964年出土于西安市汉城乡。

子说：'崇高伟大啊！舜和禹拥有天下，委任贤能之人治理，而不事必亲躬！'从今以后，只有分封爵位之事才报上来由我决定，其他的事，由安汉公、四辅商议决定。州牧、二千石级和秀才出身的官吏以及才任命官职有需要请示汇报工作的，就领他们到近署去见安汉公，考核他们过去任官的情况，询问他们新任职的安排打算，了解他们是否称职。"于是王莽将那些被上奏的人一个个找

来谈话，对那些与他有私情的，他就倍加关怀，以厚礼赠送。如果是那些不迎合他的旨意的，他就明白地报上去，免掉他们的官职，这样一来，王莽的权力就与皇帝相等了。

【原文】

莽既尊重，欲以女配帝为皇后，以固其权，奏言："皇帝即位三年，长秋宫未建，掖廷媵未充。乃者，国家之难，本从亡嗣，配取不正。请考论《五经》，定取礼，正十二女之义，以广继嗣。博采二王后及周公、孔子世列侯在长安者适子女。"

【译文】

王莽已经位尊权重，又想把女儿许配给皇帝当皇后，以巩固他的权力，于是上奏说："皇帝即位已经三年，皇后住的长秋宫还没修建，掖廷内还没住进嫔妃。以往国家多灾难，根本的原因就是没有皇位继承人，婚配不当。请考查研究《五经》，制定出聘娶皇后嫔妃的礼仪，按照正规，给皇帝选配十二名嫔妃，以便生育更多的继承人。应该广泛地征选前两朝王族的后裔和在长安的周公、孔子的后裔以及世代列侯的嫡亲女儿。"

【原文】

莽乃起视事，上书言："……臣莽伏自惟，爵为新都侯，号为安汉公，官为宰衡、太傅、大司马，爵贵、号尊、官重，一身蒙大宠者五，诚非鄙臣所能堪。据元始三年，天下岁已复，官属宜皆置。《穀梁传》曰：'天子之宰，通于四海。'臣愚以为，宰衡官以正百僚平海内为职，而无印信，名实不副。臣莽无兼官之材，今圣朝既过误而用之，臣请御史刻宰衡印章曰'宰衡太傅大司马印'，成，授臣莽，上太傅与大司马之印。"太后诏曰："可。 䩙如相国，朕亲临授焉。"

【译文】

王莽于是上朝任职。他上书说："……臣莽私下思量，我的爵号为新都侯，号称安汉公，官居宰衡、太傅、大司马，爵位尊贵，封号崇高，官职重要，一人就蒙受五项大恩,以臣鄙陋之身,确实不堪承担。根据元始三年天下已获丰收,前因灾荒而省免的官职也应恢复。《穀梁传》说:'辅助天子治理国家的大臣,他的权力之大可以统摄天下。'臣以为,宰衡的职责就在于统领百官安定天下,没有印章,即是有其名而无其实。臣莽本没有兼任官职的才能,如今既蒙朝廷错爱,受到信用,臣就请求让御史刻宰衡印章称'宰衡太傅大司马印',刻成即授予臣莽,交还太傅与大司马印章。"太后下令说:"同意。印上所佩的丝带与相国相同,朕将亲自出面授印。"

【原文】

是岁,莽奏起明堂、辟雍、灵台,为学者筑舍万区,作市、常满仓,制度甚盛。……平帝疾,莽作策,请命于泰畤,戴璧秉圭,愿以身代。藏策金縢,置于前殿,敕诸公勿敢言。十二月平帝崩,大赦天下。莽征明礼者宗伯凤等与定天下吏六百石以上皆服丧三年。奏尊孝成庙曰统宗,孝平庙曰元宗。时元帝世绝,而宣帝曾孙有见王五人,列侯广戚侯显等四十八人,莽恶其长大,曰:"兄弟不得相为后。"乃选玄孙中最幼广戚侯子婴,年二岁,托以为卜相最吉。

【译文】

这年,王莽上奏修建明堂、辟雍、灵台,为儒生学者修建一万间宿舍,兴建集市,常满仓,规模宏大。……平帝病重,王莽写好策书,到泰畤去为平帝祈求上天解除疾病保全性命,他佩戴玉璧,手捧玉圭,说愿意用自己的生命替代平帝的疾病。他把策书藏在金柜里,金柜置放在前殿,告诫众公卿不准说出去。十二月,平帝去世,大赦天下。王莽征召通晓礼仪的宗伯凤等人,同他们一起商定,全国的官员俸禄在六百石以上的都为平帝服丧三年。奏报太后,尊称成帝的庙号为"统宗",平帝庙号"元宗"。这时元帝的后嗣断绝了,而宣帝的曾孙中现有封王的五人,列侯的如广戚侯刘显等有四十八人,王莽厌恶他们都已长大成人,就说:"兄弟之间不能相互为后代。"王莽于是就选择了宣帝的玄孙中年龄最小的广戚侯的儿子刘婴,年仅两岁,王莽借口为他占卜、相命,说他最吉利。

彩绘陶指挥俑　高55厘米。1965年出土于陕西咸阳杨家湾汉墓。

【原文】

　　是月，前辉光谢嚣奏武功长孟通浚井得白石，上圆下方，有丹书著石，文曰："告安汉公莽为皇帝。"符命之起，自此始矣。莽使群公以白太后，太后曰："此诬罔天下，不可施行！"太保舜谓太后："事已如此，无可奈何，沮之力不能止。又莽非敢有它，但欲称摄以重其权，填服天下耳。"太后听许。舜等即共令太后下诏曰："盖闻天生众民，不能相治，为之立君以统理之。君年幼稚，必有寄托而居摄焉，然后能奉天施而成地化，群生茂育。《书》不云乎？'天工，人其代之。'朕以孝平皇帝幼年，且统国政，几加元服，委政而属之。今短命而崩，呜呼哀哉！已使有司征孝宣皇帝玄孙二十三人，差度宜者，以嗣孝平皇帝之后。玄孙年在襁褓，不得至德君子，孰能安之？安汉公莽辅政三世，比遭际会，安光汉室，遂同殊风，至于制作，与周公异世同符。今前辉光嚣、武功长通上言丹石之符，朕深思厥意，云'为皇帝'者，乃摄行皇帝之事也。夫有法成易，非圣人者亡法。其令安汉公居摄践祚，如周公故事，以武功县为安汉公采地，名曰汉光邑。具礼仪奏。"

【译文】

　　这月，前辉光谢嚣奏报武功县县长孟通疏浚水井挖得一块白色的石头，形状上圆下方，石头上有红字，写的是：告安汉公莽为皇帝。符命的兴起，从此就开始了。王莽让众公卿将此事上奏太后，太后说："这是欺骗天下的，不能施行！"太保王舜对太后说："事已至此，无可奈何，想阻止它也办不到，再说王莽也没有其他的意图，只不过想公开被称为代理皇帝以巩固他的权力，好镇服天下罢了。"太后听后同意了。王舜等人就一起要求太后下诏书，诏书说："听说上天降生众民，不能相互治理，就为他们设立君主来统一管理他们。现在新的君主年纪还很小，一定要有人受委托摄政，这样才能承天命而完成大地的育化，使民众兴旺发达。《书》上不是说过吗？'上天的工作，要由人去代它行使。'我以为孝平皇帝年幼，暂且统理国政，希望

他成人后，将政权委任给他。如今他夭折去世，呜呼哀哉！后来才派有关部门征召孝宣皇帝的玄孙二十三人，从中选择出最适合当帝位继承人的，作为孝平皇帝的后代继承皇位。玄孙年幼，尚在襁褓之中，没有德行高尚的君子摄政，谁能安定国家？安汉公辅助朝廷已经三代，接连遇到这种交接的时候、施展才能的机会，他安定汉朝政局，光大汉室功业，使各地的奇风奇俗一致，完善了国家的制度，与周公在不同的朝代出现相同的符命。现在前辉光谢嚣和武功县长孟通上奏，说得到红字白石的符瑞，朕深切地思考它的意思，说'为皇帝'，就是代理行使皇帝的职权。有了法令办事就很顺利，不是圣人就不会创新立法。现在我令安汉公代理皇帝登位行使职权，像周公从前一样，将武功县作为安汉公的采地，定名为'汉光邑'。订出典礼仪式后奏报。"

【原文】

于是群臣奏言："……臣请安汉公居摄践祚，服天子韨冕，背斧依于户牖之间，南面朝群臣，听政事。车服出入警跸，民臣称臣妾，皆如天子之制。郊祀天地，宗祀明堂，共祀宗庙，享祭群神，赞曰'假皇帝'，民臣谓之'摄皇帝'，自称曰'予'。平决朝事，常以皇帝之诏称'制'，以奉顺皇天之心，辅翼汉室，保安孝平皇帝之幼嗣，遂寄托之义，隆治平之化。其朝见太皇太后、帝皇后，皆复臣节。自施政教于其宫家国采，如诸侯礼仪故事。臣昧死请。"太后诏曰："可。"明年，改元曰"居摄"。

【译文】

于是群臣奏报说："……我们请求安汉公登位代理皇帝行使皇权，穿上天子穿的衣服，戴上皇帝的帽子，背向门窗之间设置有斧钺图案的屏风，面向正南，接受群臣朝拜，听奏政事。享用车驾、章服，出入时沿途严加禁戒，臣民对他应自称臣妾，一切都按照天子的规格行事。在效外祭祀天地，在明堂祭祀祖宗，恭敬地祭祀宗庙，用供品祭祀群神，赞辞中称'代理皇帝'，民臣称他为'摄皇帝'，他自称为'予'。平时上朝解决政事，以皇帝名义下的诏称为'制'，以顺承上天的意愿，辅佐汉室，保护孝平皇帝幼小的继承人，完成受寄托的职责，振兴太平治世的德化。他在朝见太皇太后和孝平皇后时，一切又恢复到臣

子的礼节。他可以在他的宫署、宅第、封国、采地内自行实施政令教化,像以前诸侯礼制的惯例一样。我们冒着死罪请求太后批准。"太后诏令说:"同意。"第二年,改年号叫"居摄"。

【原文】

居摄元年正月,莽祀上帝于南郊,迎春于东郊,行大射礼于明堂,养三老五更,成礼而去。置柱下五史,秩如御史,听政事,侍旁记疏言行。

【译文】

居摄元年正月,王莽在南郊祭祀上帝,在东郊迎接春神来临,在明堂举行大射礼,招待三老、五更等人员,礼仪结束才回去了。设置柱下史五人,俸禄、品级与御史相同,王莽上朝处理朝政时,他们侍奉在旁记录言语行动。

【原文】

……十一月甲子,莽上奏太后曰:"……宗室广饶侯刘京上书言:'七月中,齐郡临淄县昌兴亭长辛当一暮数梦,曰:"吾,天公使也。天公使我告亭长曰:'摄皇帝当为真。即不信我,此亭中当有新井。'亭长晨起视亭中,诚有新井,入地且百尺"十一月壬子,直建冬至,巴郡石牛,戊午,雍石文,皆到于未央宫之前殿。臣与太保安阳侯舜等视,天风起,尘冥,风止,得铜符帛图于石前,文曰:'天告帝符,献者封侯。承天命,用神令。'骑都尉崔发等视说。……臣请共事神祇宗庙,奏言太皇太后、孝平皇后,皆称假皇帝。其号令天下,天下奏言事,毋言'摄'。以居摄三年为初始元年,漏刻以百二十为度,用应天命。臣莽夙夜养育隆就孺子,令与周之成王比德,宣明太皇太后威德于万方,期于富而教之。孺子加元服,复子明辟,如周公故事。"奏可。众庶知其奉符命,指意群臣博议别奏,以视即真之渐矣。期门郎张充等六人谋共劫莽、立楚王。发觉、诛死。

【译文】

……十一月甲子这天,王莽上奏太后说:"……皇族的广饶侯刘京上书说:'七月中的一天,齐郡临淄县昌兴亭亭长辛当一晚上做了几回相同的梦,梦中人说:"我是天公的使者,天公让我告诉亭长说:'假皇帝应当做真皇帝。'如不信我的话,请看在你亭之内会出现一口新井。"亭长清早起来到亭中一查看,果然有一口新井,井深将近百尺。'十一月壬子这天,正是冬至,巴郡发现的石牛,戊午这天,雍县发现的上面有文字的石头,都运到未央宫的前殿。臣与太保安阳侯王舜等人前去观看,突然天风大起,尘土飞扬,天昏地暗,等风停时,发现在石前有铜符节和帛图谶,图书上有文字说:'这是上天晓谕皇帝的符命,谁把它献上去,谁就能封侯。顺从天意,奉行神圣的使命吧!'骑都尉崔发等人一同观看并解说文义。……臣请求恭敬地事奉天地神灵和列祖列宗,奏请太皇太后和孝平皇后时,一律自称假皇帝。向臣民发号施令,及臣民上奏言事,就都不再称'摄'。将居摄三年改为初始元年,改漏刻为一百二十度,以顺应上天的意旨。臣莽日夜抚育培养孺子,使他快快成长,让他与周成王的德行齐等,向四方宣扬太皇太后的威望和美德,皇帝年幼时就这样教育他。等孺子长大成人,行了加冠礼,就把神圣的君权归还给他,像周公的旧例一样。"奏言得到太后的许可。众人知道王莽得到了上天授命称帝的凭证,示意群臣广泛议论,并另外上奏别的事,来显示即位做真天子更进一步的迹象。期门郎张充等六人密谋共同劫持王莽,把楚王立为皇帝。事情败露,都被处死。

汉代绿釉浮雕动物陶壶　高42.5厘米,口径16.5厘米。出土于陕西西安郭家村。现藏于中国历史博物馆。

【原文】

梓潼人哀章学问长安,素无行,好为大言。见莽居摄,即作铜匮,为两检,署其一曰"天帝行玺金匮图",其一署曰"赤帝行玺某传予黄帝金策书"。某者,高皇帝名也。书言王莽为真天子,皇太后如天命。图书皆书莽大臣八人,又取令名王兴、王盛,章因自窜姓名,凡为十一人,皆署官爵,为辅佐。章闻齐井、石牛事下,即日皆时,衣黄衣,持匮至高庙,以付仆射。仆射以闻。戊辰,莽至高庙拜受金匮神嬗。御王冠，谒太后，还坐未央宫前殿，下书曰："予以不德，托于皇初祖考黄帝之后，皇始祖考虞帝之苗裔，而太皇太后之末属。皇天上帝隆显大佑，成命统序，符契图文，金匮策书，神明诏告，属予以天下兆民。赤帝汉氏高皇帝之灵，承天命，传国金策之书，予甚祗畏，敢不钦受！以戊辰直定，御王冠，即真天子位，定有天下之号曰'新'。其改正朔，易服色，变牺牲，殊徽帜，异器制。以十二月朔癸酉为建国元年正月之朔，以鸡鸣为时。服色配德上黄，牺牲应正用白，使节之旄幡皆纯黄，其署曰'新使五威节'，以承皇天上帝威命也。"

【译文】

　　梓潼县人哀章在长安求学，品行一向不好，好说大话。他看王莽摄政，就制造了一个铜柜，装进两册题有字的封签的书，其中一册封签上写道"天帝行玺金匮图"，另一册封签上写着"赤帝行玺某传予黄帝策书"。"某"，就是高帝的名字。书上说王莽做真天子，皇太后依照天命行事。图和书上都写有八个王莽的大臣的名字，另外两个还取了吉利的名字王兴和王盛，哀章还将他自己的名字也夹杂在里面，一共十一人，都写明了官职和爵位，作为王莽的辅佐。哀章听说齐郡新井、巴郡石井的事情下达，当天黄昏时候，他穿上黄衣，捧着铜柜到高帝庙去，将铜柜交给仆射，仆射把这事禀报上去。戊辰日这天，王莽到高帝庙去跪拜接受神灵命令汉室禅让帝位的铜箱子。他戴上王冠，去拜见太后，回来后坐在未央宫前殿上，下达诏书说："我本无德能，有幸是始祖黄帝和虞帝的后裔，太皇太后的亲属，皇天大帝大力显灵保佑，天命已定，让我开始继承皇统，符契图文、铜柜中的策书，都是神明在诏示宣告，将天下的亿万百姓托付给我。赤帝汉高祖皇帝的神灵，秉承天命，赐给我传国的金策之书，我很敬畏，不敢不恭敬地接受！定为戊辰日，我戴上王冠，登上真天子的位子，决定改国号为'新'。还将改定新历法，变换车服的颜色，更改祭祀的牲畜，更换新的旗帜标志和器物的式样。把十二月初一癸酉这一天作为始建国元年正月初一，以鸡鸣时为一天的开始，车服的颜色配合土德崇尚黄色，祭祀用的牲畜应该是白色，使者的

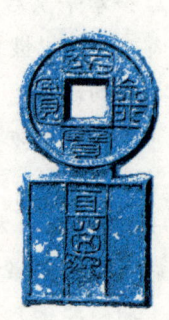

新朝新币　此钱上半部为方孔圆形，铸"国宝金匮"四字，下半部为正方形，铸"直万"二字。可能是与其他货币配合使用。

节杖上的旌幡一律用纯黄色,上面书写'新使五威节'的字样,以表示承奉皇天上帝威严的使命。"

【原文】

　　　　始建国元年正月朔,莽帅公侯卿士奉皇太后玺韨,上太皇太后,顺符命,去汉号焉。

【译文】

　　始建国元年正月初一这一天,王莽率领着公卿侯爵大夫,捧着新制的皇太后印玺,上呈给太皇太后,顺应符命,正式去掉了汉朝的名号。